KB040899

타임
아웃

사람을 구하는 데 진심인 편입니다

타임 아웃

오흥권 지음

아토포스

프롤로그

중학교 시절, 국어 시간이 기억납니다. 작문 숙제를 손이 가는 대로 써서 제출했는데, 선생님께서 칭찬을 해 주셨습니다. 잘한다는 말을 또 듣고 싶어서 다음 숙제는 특별히 더 공들여서 잘 써 봤습니다. 돌아온 답은 뜻밖에도 '쓰기 싫은 글은 쓰지 말아라'였습니다. 그때의 트라우마로 지금도 공들여 쓰는 일에는 영 자신이 없습니다. 제가 가끔 쓰는 논문과 연구계획서가 퇴짜를 맞는 일이 다반사여도 그러려니 합니다. 조지 오웰의 말처럼 글을 쓰는 첫 번째 이유는 그저 잘난 척하고 싶은 순전한 이기심일 것입니다. 아마도 당시에 선생님께서는 저에게 그런 점을 일깨워 주신 것이 아닌가 싶습니다.

본과 3학년 때 블로그를 처음 시작했는데, 진료 과별 실습을 돌고 거기에서 받은 느낌을 몇 자씩 적었습니다. 머릿속에서 생각이 정리되어서 글을 썼다기보다는 글을 쓰면서 생각을 정리하곤 했습니다. 의사 면허를 따고 외과 의사의 길을 걷다가 잠시 시간이 날 때에도 글을 써 보곤 했습니다. 스스로에게 솔직한 글을 못 쓰고 남이 보기에 좋은 가식적인 글을 쓰기도 했지만, 그 글을 다시 만나면 저를 거기에 비춰 보는 경험을 했습니다. 글쓰기의 축복 중 하나는 스스로를 북돋고 가다듬게 해 주는 것입니다. 내뱉으면 흩어지는 말과는 다르게 글은 형태를 가진 활자로 존재하여 오래도록 남습니다. 그래서 어디서 누가 볼지 모르는 글은, 그런 부담감 탓에 늘 어렵게 써지고 힘들게 고쳐지는가 봅니다.

이 책의 제목인 '타임 아웃(Time-out)'은 경기 도중 잠시 쉬는 시간의 의미로 쓰이는 스포츠 용어이지만 수술실에서도 공식적인 용어로 통용되는 단어입니다. 수술실에서는 환자를 마취하고 수술 준비를 마친 다음, 절개를 시작하기 직전에 의료진 모두가 분주한 움직임을 잠시 멈추는 시간을 갖습니다. 환자 이름을 다시 확인하고 예정된 수술 부위와 수술명을 대화로 검토하며 마취와 수술 과정에서 우려되는 점에 대해서 이야기를 나누는 소통의 시간을 갖습니다. 바쁘고 정신없는 와중에도 기본적인 정보를 차분하게 점검하는 시간을 갖는 것만으로도 수술 관련 합병증을 유의미하게 줄일 수 있다고 합니다. 이 책도 여러분과 '잠시 멈춤'의 시간을 나눴으면 하는 바람으로 펴내게 되었습니다.

고마운 마음을 전할 분들이 참 많습니다. 우선 저를 나무로 정성껏 길러 주신 부모님, 잘 깎아서 연필로 만들어 주신 선생님들, 쓸모 있는 연필이 되게 해 주시는 저의 환자분들께 감사드립니다. 재주 없고 게으른 저를 여기까지 끌고와 주신 생각의힘 출판사 관계자분들 모두 고맙습니다. 멋진 추천사를 흔쾌히 써 주신 장강명 작가님께도 감사의 인사를 전합니다. 17년 차 입주 가정교사 설리반 고 여사님과 딸 YJ에게는 사랑한다는 말을 전합니다. 마지막으로 이 책을 사 주신 독자 여러분, 정말 고맙습니다.

2021년 여름, 분당에서

차례

01. 인턴 선생님에게

"두려워하는 건 괜찮다. 그건 어쩔 수 없으니까. 하지만 겁을 집어먹지는 마라. 숲에 사는 어떤 것도 네게서 겁쟁이 냄새만 맡지 않으면 너를 해치려 들지 않을 거야."

_윌리엄 포크너, 《곰》(문학동네)

인턴 선생님, 안녕하세요. 어려운 시간을 통과해 면허를 따고 드디어 의사가 되신 것을 축하합니다. 의사고시도 이제 과거의 이야기가 되어 버렸고, 불투명하던 진로도 인턴이라는 전도유망한 의사가 된 것으로 일단락되었을 것입니다. 여러분은 지금까지도 무척 힘드셨겠지만, 고생 끝에 또다시 고생길이 훤하게 열렸습니다. 병원에서 인턴은 그냥 투명인간입니다. 안타깝게도 영화 속 투명인간처럼 벽을 뚫고 지나간다거나 하는 초능력은 없습니다. 아무도 여러분의 존재를 크게 신경 쓰지 않고, 누구도 여러분에게 영웅과 같은 업적을 바라지 않습니다. 출퇴근과 당직의 의무를 다하는 다만 공기 같은 존재이지요.

여러분은 의과대학 시절, 교수 바로 밑에서 재벌 2세에 버금가는 대우를 받았습니다. 학생에서 크게 진화한 인턴은 이제 병원 서열 중 가장 밑바닥으로 전락합니다. 어제까지 다정다감했던 교수들은 오늘부터는 말 한마디조차 걸어 주지 않을 겁니다. 급전직하(急轉直下)란 바로 이런 상황을 이르던 말이던가요? 어떤 사람은 이런 현상을 돈의 흐름과 연관 지어 설명하기도 하는데, 돈을 내고 학교 다니는 사람과 돈을 받고 일하는 사람에 대한 대접이 서로 다를 수밖에 없지 않겠느냐는 것입니다. 여러분이 하루 아침에 불가촉천민(不可觸賤民) 같은 신분이 되었다는 사실에 몹시 당황스러운 마음 충분히 이해합니다. 여러분 스스로가 못 나서가 아니고 본격적으로 사회 생활이 시작되어서 그렇습니다.

여러분이 다니는 회사는 학교 도서관에서 만나던 선배들이 주로 직장 상사로 있으니 비교적 편안한 관계로 시작합니다. 하지만 사람은 겪어 봐야 그 진면목을 알게 되죠. 세상에는 이상한 사람이 길가에 널린 맨홀 뚜껑만큼이나 많습니다. 그래도 무엇보다 기쁜 건 지긋지긋한 시험을 보지 않아도 된다는 것입니다. 또 내 업무 능력에 비해 많이 받는 것이 아닌지

하는 의구심이 드는 월급도 받게 됩니다.

　여러분의 투명인간 의사 생활은 한달 주기로 리셋됩니다. 동가식서가숙(東家食西家宿)이라는 말은 들어보셨겠지요? 이런 필요악 인턴 수련을 없애고자 본과 4학년 학생 실습을 인턴처럼 실용적으로 개선하자는 원대한 계획이 있습니다. 아니, 있어 왔습니다. 제가 인턴을 할 때도 이런 말은 있었습니다. 아마 이 계획은 지구가 멈추는 날까지 실현되지 못할 것입니다. 왜냐하면 지구에는 말똥구리처럼 허드렛일을 해 주는 사람들이 반드시 필요하기 때문입니다. 병원에서는 바로 여러분이 그 역할을 해야 합니다.

　대략 아시는 것처럼 인턴 기간은 1년이고, 레지던트(전공의) 기간은 4년입니다. 요즘은 지원자가 적은 인기가 없는 과들은 3년제 수련 과정으로 바뀌었습니다. 레지던트 과정이 끝날 무렵 전문의 시험을 봐서 합격하면 ○○과 전문의가 됩니다. 그 후에는 남자이고, 신체에 별 문제가 없으면 군대에 갔다 와야 합니다. 물론 여자분들은 해당이 없습니다. 돌아와서는 취직자리를 알아보거나 공부를 더 하고 싶다면 펠로우(fellow)라는 분과 전문의 과정을 몇 년간 해야 할지도 모르겠습니다. 인턴 과정은 병원 안에서 선배 의사들과 함께 일하면서 미래에 어떤 전공을 가진 의사가 되고 싶은지 밑그림을 그리는 시간으로 보내시면 됩니다. 진료과와 병원을 돌면서 각 과의 장점과 단점, 의국 분위기 등을 파악해 보시기 바랍니다. 아마도 인턴에게 불친절한 과는 지원자가 넘치는 인기가 많은 과일 것입니다. 전공의 지원자 모집에 혈안이 되어 있는 과는 대개 비인기과인데, 장발장에게 미리엄 주교가 그랬듯이 여러분을 매우 따뜻하게 대해 줄 것입니다. 혹시 멋지고 희소가치가 충분한 외과 전문의를 꿈꾼다면 언제라도 저에게 연락을 주시면 됩니다.

인턴 때는 초면인 사람에게 숙달되지 못한 의료 행위로 고통을 주게 됩니다. 기쁨을 주고 사랑을 받는 사람이 되어야 하는데, 고통을 주고 욕을 먹는 사람이 되기 쉽습니다. 혈액종양내과 인턴 시절, 주사기와 채혈로 하루를 보내고 피폐한 몰골로 퇴근하던 저녁이 떠오릅니다. 집으로 가기 전에 미용실에 들렸는데 제 머리카락을 자르던 헤어디자이너를 한참 쳐다봤습니다. 그 순간 세상에는 헤어디자이너처럼 좋은 직업이 있었나 하는 생각이 들었습니다. 사람들이 선망하는 직업을 이미 가졌는데도 스스로는 불행하다고 느끼던 시절이었습니다.

돈, 명예, 권력이 없어도 행복하게 사는 가장 손쉬운 방법은 다른 사람에게 사랑받고 있다는 자부심을 느끼는 것입니다. 그러려면 우선 성실해야 합니다. 만나는 환자들에게 조금만 더 관심을 기울이세요. 꼭 필요한 오더를 수행하고 있는지, 환자에게 해가 되는 일을 하고 있지는 않은지 자문해 보시기 바랍니다. 오더가 이상할 때는 오더를 내린 전공의에게 반드시 질문하십시오. 상식이 있는 선배 의사라면, 여러분을 기특하고 높게 평가할 것입니다. 자존감이 떨어질 때는 가운 왼쪽 명찰에 적힌 선생님의 직함을 천천히 다시 보시기 바랍니다. 여러분은 면허를 가진 엄연한 전문가입니다.

무운을 빕니다.

02. 제자리

"죽을 수밖에 없는 존재인 인간이 가장 바라는 것은 생명을 보존하는 것인데, 생명보다 더 소중하다는 것을 그 누구도 의심치 않는 너의 사람들이 여전히 살아 있다는 것은 너의 복이고, 네가 얼마나 행복한 사람인지 보여 주는 것임을 너는 알아야 한다."

_보에티우스, 《철학의 위안》(현대지성)

외과 의사는 수술한 환자의 얼굴을 보면, 그 사람의 속을 떠올릴 수 있어야 한다. 그래서 나의 사부님께서는 이 유비쿼터스 디지털 시대에도 늘 공책에 수술기록지를 그린다. 그녀의 처음 상태를 종이에 그렸다면, 배안이 종양으로 두텁게 겹쳐서 정상 조직의 밑그림이 거의 보이지 않았을 것이다.

2년 전 그녀는 복통으로 응급실에 실려 왔다. 대장이 꽉 막혀 있었고 터지기 일보 직전이었다. CT 검사에서는 골반에 자리한 큰 종양이 발견되었다. 대장암이나 난소암으로 추정되었다. 이 두 가지 암은 종양을 완전히 절제하지 못하더라도 최대한 많이 절제하는 것이 치료에 도움이 된다고 알려져 있다. 산부인과 선생님과 상의하여 개복을 하고 보니 대장, 난소, 자궁 등이 종양으로 한데 뒤엉켜 있었다. 게다가 소장, 간, 횡격막에도 암의 전이가 심각했다. 대략 6시간에 걸쳐 크기가 큰 종양을 힘들게 절제하고는 수술을 마무리하려고 피곤함이 가득한 채로 대기실에 있는 보호자를 만나러 갔다.

환자의 남편은 우리의 노력을 그다지 대수롭지 않게 여기는 것 같았다. 마치 뒤에서 수술을 보기라도 한 것처럼, 큰 병소뿐만 아니라 복강 안에 퍼져 있는 암도 남김없이 제거하기를 원했다. 그는 단지 아내의 복통이 호전되는 것에 만족하지 않고 암이 생기기 전의 건강한 상태로 되돌려 주기를 바라는 듯했다. 오후 4시부터 시작된 수술이 벌써 밤 10시를 향해 가고 있었지만 남편은 간절했고 그래서 막무가내였다. 어쩔 수 없이 무언가에 떠밀리듯 그로부터 몇 시간을 더 수술하면서도, 이런다고 병을 깨끗이 낫게 할 수는 없다는 무력감도 더해 갔다.

'파종'이라는 말은 농부가 밭에 씨를 뿌리는 광경을 일컫는 말이다. 악성 종양이 씨를 뿌리듯 배안에 퍼져 있는 것도 '복막 파종'이라고 부른다. 이 경우

눈에 보이는 종양을 제거하더라도 얼마 못 가서 눈에 보이지 않던 종양의 씨들이 다시 자라나 암이 재발한다. 환자도 이런 케이스였고 대장을 전부 자르고 난 후 항문과 섣불리 연결하지 못하고 배꼽 아래에 구멍을 내어 장루를 만들고 나서 수술을 마무리했다. 장루는 장을 배 앞으로 빼놓는 수술 방법으로 그곳에 배변 주머니를 붙여 대변을 받아내야 한다. 사람은 남 앞에서 자기가 가진 아름다운 부분을 맨 앞에 두고 싶고, 불편하고 보이고 싶지 않은 부분은 숨기려고 한다. 그래서 장루를 가진 환자는 부자연스럽고 비밀스러운 고통을 겪는다.

그녀는 수술이 끝나고 입원해 있는 동안 회복에 큰 의지를 보였다. 운동도 열심히 하고, 입맛이 없는 와중에도 억지로 식사를 했다. 수술 후 닷새 정도가 지나서 금요일에 회진을 할 때, 토요일 날 중요한 일이 있어서 하루만 외출을 하고 싶다고 했다. 그 몸으로 무슨 외출을 하느냐고 묻자, 내일이 아들 결혼식이라며 몇 분 정도는 서 있을 수 있으니 꼭 참석하고 싶다는 답이 돌아왔다. 차마 말릴 수 없는 일이라

마지못해 허락을 하고 절대 무리하지 말라고 당부를 했다. 결혼식이 끝나고 병원으로 돌아온 환자는 난소 암으로 최종 진단되어 산부인과로 옮겨 갔다. 삶이 얼마 남지 않아 보였던 환자는 그 독한 항암치료를 잘 견뎌 냈다고 했다.

그 후 2년이 지나 그녀에 대한 기억이 거의 사라져 가던 즈음, 장루를 다시 배 안으로 복원해 달라고 다시 나타났다. 처음에는 그녀를 잘 알아보지 못했다. 컨디션도 많이 좋아져서 체중도 늘었고 전체적으로 편안해 보였다. 그녀는 배 안의 종양이 항암치료에 잘 반응해서 다 사라졌다고 말하면서 희망에 찬 순진무구한 얼굴을 하고 있었다. 부부는 요즘은 그때 결혼한 아들과 며느리가 낳은 손주를 보는 재미로 산다고 했고, 이런 행복한 시간을 보낼 수 있는 것은 다 내 덕분이라고 과분하게 고마워했다. 하지만 나는 부부의 얼굴을 물끄러미 보면서 처참했던 환자의 뱃속이 증강현실처럼 떠올라 괴로운 얼굴이 되었다.

왜냐하면 장루를 복원하는 수술은 물기가 마른 가래떡처럼 자기들끼리 단단하게 붙어있는 장을 손

20

상 없이 분리해 가면서 뱃속을 헤치고 들어가서 깊은 곳에 위치한 장과 배 밖으로 나와있던 장을 다시 연결해야 하는 매우 어려운 수술이기 때문이다. 마치 눈이 내리고 쌓인 후에 얼어붙은 길을 발로 헤치며 걷는 일과도 같다. 첫 수술의 집도의라는 이유로 두 번째 수술을 남에게 미룰 수도 없었다. 남편은 결자해지라는 말로 2년 전 그 밤처럼 나를 다시 수술장으로 떠밀었다.

걱정되는 부분이 많아서 준비에 공을 들인 일은 뜻밖에도 순순히 풀리는 경우가 있다. 복원 수술은 우려했던 것보다 잘 진행되었고 환자의 바람대로 장을 다시 연결해 장루를 제거할 수 있었다.

수술 후 며칠은 경과도 좋았다. 곧 퇴원까지 생각했으나, 퇴원을 앞둔 저녁 복통과 발열을 동반한 복막염 증세가 갑자기 나타났다. 장을 연결한 부위에 파열이 생긴 것이다. 장 안에만 있어야 하는 변과 세균이 장의 파열된 부위를 통해 배안으로 유입되어 오염되면서 복막염이 나타났고 그로 인한 패혈증을 겪고 있었다. 환자를 되돌릴 수 있는 방법은 오직 하나 재수술뿐이었다. 항문이 거의 남지 않았던 이 환자에게 재수술은 다시 장루를 만드는 것을 의미했다. 합병증이 나타나서 진행되는 재수술은 환자에게도 괴롭지만, 집도의에게도 외과 의사로서의 자신의 실패와 마주해야 하는 일이다. 다만 싸움터가 내 몸 안이 아닐 뿐이다. 그래도 의사의 실패는 환자가 육체와 정신으로 받는 고통에 비하면 아무것도 아닐지도 모른다. 몹시 괴롭게 재수술을 결정하고 나서 수술실 입구에서 환자의 남편을 다시 만났다. 터진 부위를 잘 봉합해서 낫게만 해 달라며, 다시 장루가 생기는 것은 절대 받아들이지 못하겠다고 나를 붙잡고 눈물을 흘렸다.

"장루를 집어넣는 날만 기다리며 2년을 견뎠는데, 다시 대변 주머니를 보는 날에 저 사람은…."

그렇지만 터진 부분을 몇 바늘 꿰맨다고 해결될 합병증이면 애초에 복막염이라고 부르지도 않았을 것이다. 확실한 해결책이 필요했다. 환자가 같은 이유로 수술대에 다시 오르는 일이 없도록 해야 했다. 나는 냉정해지기로 했다. 뒤돌아서는 나를 향해 남편

22

은 한마디 푸념을 했는데, 그 말이 내 귓가에 메아리 치듯이 반복해서 들렸다.

"배를 세번을 째고 다시 제자리네요."

'회진은 만나서 반가운 환자 먼저 시작하고 문제가 있는 환자로 끝낸다.' 내가 정한 나름의 회진 원칙이다. 그래야 경과가 좋은 환자로부터 받은 긍정의 에너지를 중환자에게 나눠 줄 수가 있다. 좀 더 솔직히 말하자면, 합병증이 생긴 환자를 보러 가는 길은 나의 무능과 대면하는 길이라 발걸음이 쉬 향하지 않는다. 되도록이면 무탈한 환자들을 다 살피고, 맨 마지막에 문제의 병실에 들른다. 합병증으로 고생하는 환자의 주변에는 불신으로 자욱한 검은 안개가 낀 듯하다. 이 검은 안개는 바이러스처럼 전염력이 강해 병실과 복도까지 자욱하게 퍼져 나간다. 내가 말지 않은 병동의 다른 환자들에게도 '저 사람 실력 없어'라는 조롱의 표정이 역력해 보인다. 전공의와 간호사 들에게도 심지어 병동을 청소해 주시는 청소 노동자분들에게도 무능한 사람으로 소문이 난 것만 같다.

외과 병동에서 회진은 수술이 끝난 환자를 북돋아 주는 일인데, 의심의 안개가 질 때는 시작부터 녹록지 않다. 합병증이 없는 외과 의사는 아예 수술을 하지 않거나 완벽하게 실수를 감추는 두 부류뿐이라는 말로 애써 위로해 보지만, 검은 안개를 헤쳐 나가는 일은 괴롭기만 하다.

이럴 때 필요한 것이 영업사원과 같은 마인드다. 물건을 안 사주더라도 자꾸 얼굴을 비추고, 필요할 때 그 사람이 우선 생각나게 하는 것. 문제와 정면으로 마주하지 않고서는 어떤 문제도 풀 수가 없다. 거만하고 바쁜 척하던 의사가 어느 날부터 사랑에 빠진 듯 밝은 표정으로 환자 앞에서 시간을 오래 보내고, 하루에 두 번 이상 회진을 돌고 있다면, 그 환자는 합병증으로 고생하고 있는 것이 거의 확실하다.

다시 '제자리'로 돌아와서, 장루를 달게 된 그녀는 수술 이후에 꽤 오랜 시간을 입원해야 했다. 나도 꽤 긴 시간을 낙담한 환자와 보내야 했다. 시간이 지나자 걸으로 보이는 상처도 아물고, 내면의 상처도 많이 회복되었다. 회복이라기보다는 앞으로 평생 배변 주머니를 몸에 지녀야 한다는 사실을 덤덤하게 받아들이는 시간이 필요했을 것이다. 어느덧 퇴원할 날이 되었다. 나는 환자를 위해 장애진단서를 써 주기로 했다. 진단서의 장애 유형 항목에 '장루 장애'라고 쓰고, 장애 발생일은 마지막 수술일로 적었다. 결국 내 손이 그 환자의 장애를 만들었다고 흰 종이 위에 스스로 자백하고 있었다. 비고란에는 '질병의 특성과 임상 경과로 볼 때, 복원이 불가능하여 영구적인 장애로 판단됩니다'라고 덧붙였다. '판단됩니다'라는 말은 '판단합니다'라는 말에 얄은 목적을 가지고 객관성을 가미하고자 한 불필요한 수사다. 의사로서의 실패의 괴로움은 겨우 이 정도에 불과하다.

무엇인가와 싸워야 하는 이유가 살아야 할 이유가 되는 사람도 있다. 지구 별은 절망으로 가득 차 있다는 말은 틀렸다.

* 〈제자리〉는 '제17회 한미수필문학상'에서 대상을 수상한 작품으로 《그는 가고 나는 남아서》에 수록되었습니다(청년의사, 2018).

03. 회의와 회의감

"어떤 의견에 대해서든 철저하게 부정하고 논박할 수 있는 완전한 자유를 갖게 된다면, 우리의 의견이나 그에 따른 행동은 진리에 가까워질 수 있다."

_존 스튜어트 밀, 《자유론》(현대지성)

병원에도 회의가 참 많다. 때가 되면 본업인 진료를 시작해야 하므로, 오전 회의는 주로 아침 7시에 시작된다. 얼마 전에는 점심 무렵에 회의에 들어가서는 이게 대체 오늘 몇 번째 회의인가 세어 봤더니, 벌써 4번째 회의였던 날도 있었다. 저녁에는 병원 밖에서도 회의가 이어진다. 학회 모임이나 외부 기관과의 연구모임 등등 어떤 날은 회의로 시작해서 회의로 끝나기도 한다.

공리주의자 존 스튜어트 밀(John Stuart Mill)은 회의를 많이 안 해 본 사람이었던 것 같다. 밀 선생님 말씀과 다르게, 보통의 회의는 일반 참여자들의 의견과 이견이 전혀 없어야 성공이다. 일반 참여자들은 이런 성공적인 회의 개최에 익숙해질수록 '회의감'이 든다는 성숙한 표현을 한다. 학생은 겨우 전주만 연주했는데, 교수가 입 하나로 랩 피처링을 쏟아내는 회의를 '랩 미팅'이라고 한다. 실무를 모르는 상급자가 없어 실제로 실현 가능한 현실적인 결론이 나왔지만, 결과적으로는 실현되지 못해 무의미한 회의를 '실무회의'라고 부른다. 반대로 갑자기 연락을 받고 억지로 끌려와서는 서로를 북돋우며 성공적인 회의를 위해 거수기 역할을 하면서도, '우리는 원해서 회의에 왔다'는 자위의 뜻으로 '위원회'라는 회의가 있다. '간담회'는 평소 간과 담낭을 빼놓고 다니는 사람의 애사심과 충성심을 슬쩍 떠보려는 자리인데, 애로사항을 술술 얘기하는 진솔한 사람도 있다. 이런 곳에서 상처받은 사람은 회사의 상급자와 다른 회사의 상급자끼리 하는 원격회의를 비하해서 '화상회의'라는 심한 말도 쓴다.

다양한 생각이 존중되어야 한다지만, 생각이 다른 사람과 계속 일해야 하는 것은 사실 불편하기 짝이 없다. 생각이 같은 사람이 많으면 일이 더 편해지니까, 상대를 설득해 보려고 현란한 말과 그림으로 시간을 쓰게 된다. 하지만 머리가 굳은 어른들은 자기 생각을 어지간해서는 바꾸려 하지 않는다. 자신의 생각이 드러났는데 혹시나 다른 사람과 의견이 다르기까지 하면, 상대방이 불편해할까 봐 손뼉을 치거나 침묵을 선택한다. 말로는 동의해도 마음까지 바꾸는 일은 어렵다.

소소한 회의로는 성이 안 차는 회의 중독자들이 만든 몰입적 회의를 '워크숍(workshop)'이라고 부른다. '수련회'라는 표현도 있지만, 이 말은 모네의 그림 연작을 잘못 연상시키는 아름다운 부작용이 있다. 모름지기 '워크숍'이라는 외래어를 써야, 글로벌 스탠다드에 맞게 업무의 연장선에 있는 행사로 인식된다. 가족에게 말하기도 좋다. 국립국어원이 정한 외래어 표기법에 따르면 '워크샵', '워크샵'은 모두 틀렸고, '워크숍'이 맞는 표현이라고 한다. 'Orange'를 '어륀지'라고 쓰지 않고 '오렌지'라고 쓰는 이유와도 같은데 이에 대한 자세한 설명은 다음과 같다.

"외래어 표기법은 해당 외국어의 발음을 원음에 가깝게 한글로 표기해 내기 위한 것이 아니라 우리가 정한 방식으로 외국어, 외래어를 최대한 일관되게 표기하기 위해서 만든 것입니다. 받침에는 'ㄱ, ㄴ, ㄹ, ㅁ, ㅂ, ㅅ, ㅇ'만을 씁니다."

워크숍은 대체로 유원지나 연수원의 강당, 회의실에서 열리고 행사의 취지가 끝장 토론이므로 취지에 걸맞게 밤샘 음주로 이어진다. 워크숍의 수많은 장점 중 몇 가지를 추려 보자. 앞자리에 앉는 상위 20퍼센트에 속하는 참여자는 그제서야 비로소 정확하게 문제를 인식하고, 활발하게 토론을 이어가며, 조직내 열띤 소통의 기쁨으로 마이크를 놓지 못한다. 하위 80퍼센트는 약속이나 한 듯 우선 고개를 숙이고, 급조된 자료집에 필기구로 무언가를 열심히 쓰고 있다. 자신도 모르고 있었던 시, 서, 화의 재능에 깜짝 놀라게 되는 순간도 있다. 가끔 고개를 들어 열렬히 경청을 하는 척하다가 회의 주제와 전혀 관련 없는 영역으로까지 사고가 확장되면서 창의력 향상의 기쁨을 덤으로 맛본다.

워크숍의 하이라이트는 초청 연자의 특강이다. '푼돈으로 섭외할 수 없는 거물급 인사지만, 회사 고위직과의 인연으로 어렵게 모셨다'고 소개된다. 그런 이유로 워크숍 취지와는 아무 상관없는 분들이 와서 맥락에 관계 없는 주제로 말씀을 한다. 유명 연자의 특징은 어떤 청중, 어떤 장소에서도 자기 페이스를 결코 잃지 않는다는 점이다. 청중의 반응이 있건 없건 깨알 같은 자기 자랑까지 빼놓지 않고 할 얘기를 다 한다. 연단을 기준으로 바로 앞, 청중 기준으로는 앞쪽 좌측이 주로 고위직들이 앉아 있는 곳인데, 이분들은 산전수전을 다 겪어 얼굴에 감정이 잘 드러나지 않는다. 프로는 이분들 앞에서는 편하게 떠들기 어렵다는 것을 잘 안다. 그래서 그들은 경직된 분위기와 마주한 연단에 머무르지 않고, 무대를 왔다 갔다 하면서 반응이 좋은 청중을 찾아내서 마침내 긍정적인 피드백을 끌어 내고야 만다.

몇 년 전 참여한 워크숍에서 '협상과 리더십'이라는 주제로 6시간 정도 교육을 받았다. 그날도 어김없이 강의에 흠뻑 빠져든 나는, 내 직업을 대테러반 특공경찰이거나 외교관으로 착각하고야 말았다. 그때 받은 예술적 감화를 시, 서, 화 연작으로 자료집을 빼곡히 채워 나가다 보니, 안견의 〈몽유도원도〉 수준까지 이르렀던 것 같다. 협상법에서 최고의 전략은 약한 자를 질리게 하여 스스로 포기하게 만드는 것임을 강의 내용과 무관하게 스스로 터득했다.

'분임토의'는 하위 80퍼센트도 '중요한 분임'이라는 취지로 마련된 조별과제 시간이다. 평소에 잘 모르던 분들과 한곳에 모여 반갑게 인사를 나누고 회사의 문제와 앞으로 나아갈 발전 방향에 대해 허심탄회하게 고민해야 한다. 자기 자신의 문제와 그 문제를 풀어갈 방향도 모르고 있는 사람들끼리 말이다. 분임토의는 조장이 정해져 있다. 조별로 파견된 '지도원 동무'다. 이 동무의 지도를 시작으로 자유토론을 시계 방향으로 돌아가면서 자유롭게 하면 된다. 각 조에는 말이 안 되는 소리를 말이 되도록 토의 내용을 정리하는 정리자가 있고, 이것으로 슬라이드를 만들어 군중 앞에서 발표하는 발표자도 필요하다. 이 숭고하고 귀찮은 일을 떠맡지 않으려면 초반에 조장이나 조원들에게 눈에 띄지 않게 수줍은 표정으로 조용히 있거나, 아예 옷에 커피를 쏟아서라도 자기 관리에 미숙한 사람으로 보이는 것이 좋다.

　그럴싸한 결과물을 조장이 발표하면 되지만, 조장은 '어느 구름에서 벼락이 떨어질지 모른다'는 말을 떠올린다. 고위직으로부터 지적받을 내용이 포함되어 있을 가능성을 배제할 수 없으므로 조장은 발표를 피하는 경향이 있다. 간혹 발표자가 발표를 너무 잘하면 그 문제에 대한 장기 해결을 위한 '특별위원회'를 떠맡을 위험이 높다. 숙제를 잘해 가면 경시대회 내보내는 격이다. 회사가 원하는 '주인 정신'을 발휘할 절호의 기회가 눈 앞에 펼쳐진다. 아는 사람은 안다. 회사 분위기를 망치지 않는 적당한 선을 아는 사람만 연봉이 올라간다.

04. 접대기

"최고의 대본이라는 것이 늘 뚝딱 만들어지지는 않는다. 참으로 수많은 요소들이 있다. 타이밍, 충동, 헛수고, 우연."

_제임스 설터, 《쓰지 않으면 사라지는 것들》 (마음산책)

내 별명이었던 '오 과장'의 기원은 몇 달 전 회진에서 시작되었다. 어떤 환자의 보호자가 치프 선생님, 윗년차 선생님들과 근엄하게 회진을 돌고 있는 나를 가리키며 "저분이 네 아버지를 봐 주시는 과장님이시다"라고 하면서부터였다. 나는 엄중한 무게감을 가지고 환자를 봐 왔기 때문에 얻게 된 나름의 권위 있는 평판이라고 이해했지만, 윗년차 전공의 선생님들이 그 별명으로 나를 부를 때는 '스탭 흉내내는 건방진 주치의'라는 뜻이 들어 있었을 게다.

4개월간의 병실 주치의 생활에 지쳐 가던 어느 날, 그렇게 원하고 또 고대했던 N병원에 파견 수련을 나가게 되었다. N병원은 내가 인턴 시절에 파견을 나가 의사로서 첫 환자를 진료했던 병원이다. 새하얀 담요, 컴퓨터, 비디오 비전, 냉장고, 수건, 수술복(잠옷) 등이 특급 호텔의 고급스러운 어메니티처럼 채워진 당직실에서 에어컨 바람을 쐬고 있노라면, 여기가 사막 같은 레지던트 생활에서 만나는 오아시스구나 하는 생각이 들었다.

　N병원은 암환자들만 있는 병원이다. 암이 발생하는 장기별로 센터를 만들어서 진료과별 구분 없이 통합 진료를 하는 국내 최초의 병원이었다. 수련 병원과 시스템은 많이 다르지만 파견 병원에서의 일은 비교적 편했다. 담당 환자의 수도 절반으로 줄었다. 수술도 하루에 한두 건 정도만 들어가고, 너무나 당연하게도 점심시간이 있었다. 이런 식으로 하루 세끼를 다 챙기면 내 몸을 못 가눌 날이 올지도 모르겠다는 생각도 들었다. 봐야 할 환자 때문이 아니라 빌려 놓은 비디오테이프 반납 시간에 쫓기는 날이 많았다. 본원에서 그렇게 날 옥죄었던 주치의로서의 책임감이 덜하다는 게 편한 반면에 담당 환자와는 멀게 느껴진다는 점이 아쉽기는 했다. 전문의 중심 병원이라 전공의가 수술동의서를 받는 것도 아니었고 중요한 결정을 마음대로 내릴 수 있는 것도 아니었기 때문이다. 환자와 스탭 선생님과 간호사 들 사이에서 어

느 정도의 심리적인 거리를 두고 일해야 했다.

수술장에서는 윗년차가 없었기 때문에 스탭 선생님과 나와 인턴이 수술하는 경우도 가끔 있었다. 물론 지위가 높은 선생님께서 집도하는 수술에서는 예우 차원에서 주니어 스탭 선생님이 수술의 제1 조수를 맡았지만, 그렇지 않은 경우에는 내가 그 역할을 하기도 했다. 옆에서 보기만 했던 술기들을 직접 해 볼 수 있어서 설레었지만, 수술 후 환자가 잘못되기라도 하면 어쩌나 하는 걱정이 늘 따라다녔다.

수술장에서 외과 의사들의 품행은 예측이 불가능하다. 밖에서 보이는 모습과 수술장에서의 모습은 거의 상관관계가 없다. 회진이나 회의 중에는 점잖은 신사 같은 선생님도 수술방에서는 거친 황소로 돌변하는 경우도 있다. 그 날 수술의 분위기는 대개 수술의 난이도와 상관이 있지만, 무엇보다 수술에 참여하는 멤버들의 면면이 중요하다. 그중에서도 대개 4년 차 전공의가 맡는 제1 조수는 많은 일에 촉각을 곤두세우고 집중해야 한다. 물론 수술 진행이 최우선이다. 서너 명이 서로 머리를 맞대고 있는 비좁은 수술대 앞에서 유능한 조수는 인턴이 졸고 있는지, 주치의가 똑바로 하고 있는지, 집도의의 그날 컨디션과 손놀림에서 느껴지는 멘탈이 어떤 상태인지를 종합하고 실시간으로 분석한다. 그래야 선문답에 답을 하거나 아니면 좀 더 적극적인 자세로 시사 문제를 이야깃거리로 삼아 집도의에게 말을 걸거나 유머를 날리는 일을 수행할 수가 있다. 이 바닥에서는 이런 일련의 행위를 잘하는 레지던트를 소위 정치적인 인물로 평가한다.

그 시절 겪은 X선생님에 대해 회상해 본다. 이분에게 잘못 보였을 때 여지없이 이어지는 세 가지 멘트가 있었다.

"건방진 놈, 외과 의사의 기본은 성실한 자세야. 그게 에티튜드야. 넌 에티튜드가 안 되어 있어."

그달 내내 나는 하루에 한 번은 이 말을 듣고 살았다. 평소 X선생님에 대한 예우 차원에서 제1 조수를 자임하시던 L선생님도 무슨 일인지 연차 휴가를 낸 날이었다. 보통은 제2 조수 자리에도 못 들어가고 뒤에서 관람만 하던 내가 대안 없는 유일무이한 제1

조수로 참여해야 했던 것이다. 그 공포의 시간이 점점 가까워질 무렵 같이 파견 나온 2년 차 선배들에게 이 고난을 빠져나갈 계책을 물었더니 다들 묵묵부답하면서 한숨만 교환했다. 수술방에서 그분의 카리스마와 명성은 실로 유명했던 것이다. 더욱이 나는 그날 새벽에 당직을 섰었다. 부정맥이 생긴 중환자실 환자의 심전도를 밤새 눈이 빠지게 보고 난 시점이라 몽롱한 상태였는데, 눈만 감으면 불규칙한 심전도 파형이 붉은 발자국을 남기고 지나갔다.

수술은 환자를 마취시킨 다음 소변줄을 끼우고 소독약으로 배를 잘 닦고 나서 무균 환경을 만들기 위해 수술 부위를 제외한 환자의 몸을 여러 가지 의료용 커튼으로 둘러싸는 것에서부터 시작된다. 어리바리한 인턴과 내가 떨리는 마음으로 수술 필드를 정리하고 절망의 한숨을 늘어놓던 순간, X선생님이 특유의 남성적인 자세로 위풍당당하게 입장했다. 10번 메스가 스치자 약간의 피가 배어나면서 수술이 시작되었다. 기억을 되새기면 그날 선생님의 기분이 굉장히 좋았던 날이었거나 아니면 아예 우리에 대한 기대를 애초에 포기하고 들어오신 듯하기도 했다. 큰 무리 없이 약 2분간 진행되던 수술은 이제는 기억할 수 없는 선생님의 썰렁한 농담으로 잠시 주춤했다. 그분의 의도를 파악하기 위해 난 고개를 살짝 들어 가슴까지 올려다보았고, 그 순간 아니나 다를까.

"넌 수술할 때 배만 들여다봐야지 어딜 올려다보는 거야. 내 얼굴에 뭐라도 묻었어?"

함정에 걸려든 나는 외마디 비명과 함께 다시 고개를 처박고 오만 잡념들에 화이트 칠을 해 가며 온 힘을 집중해 수술에 임했다. 그날은 신비롭게도 무난히 수술이 진행되었다. 그런데 수술의 클라이맥스를 지날 무렵, X선생님이 자기가 잡고 있고 장기가 대장인지 간인지 허파인지도 모르는 인턴 선생에게 예상치 못한 묘한 칭찬을 날리셨다.

"인턴 선생, 처음 치고는 장 잘 잡는데?"

난 이 순간에 도박을 하고야 말았다. 작전은 하나 운명은 둘.

"선생님, 우리 인턴 선생이 외과 프러퍼(proper intern: 레지던트 지원자)입니다."

40

수술중

음, 외과 의사의 기본은 에리튜드지!

"오 그래? 자넨 왜 외과의가 되려고 하지? 언제부터 그런 생각을 했어?"

그는 아직 과를 못 정한 상태였고 막연히 외과 계열이라고만 생각하고 있었다. 그래서 틈날 때마다 외과에 지원하라고 권유하고 있었다. 하지만 누가 어떤 전공을 지원할지 물어보면 '그냥 뭐 외과 계열 쪽으로 생각 중인데요'라고 답하던 모습을 여러 차례 본 적이 있었다. 지금 이 상황에서 그런 대답이 나오면 분명히 '건방진 놈! 계열은 뭐고 쪽은 뭐야, 하려면 하고 말려면 말지'라고 호통칠 게 분명했다.

끝없이 이어지는 X선생님의 관심에 우리 정직하고 우직한 인턴 선생이 입을 열려고 하는 찰나 나의 왼손이 그의 오른손을 뜨겁게 부여잡았다. 그도 나의 절박한 마음을 눈치챘는지 잠시 머뭇거리더니 이렇게 말했다.

"네 선생님, 학생 때부터 외과에 지원하고 싶었습니다."

"오 그래? 요즘 애들은 힘든 거 안 하려고들 하던데, 기특하네. 외과 의사의 기본이 뭐지?"

"네 선생님, 에티튜드입니다."

"그렇지, 성실한 자세만이 훌륭한 외과 의사를 만들 수 있지. 음 그렇고 말고."

그 이후로 부드러운 질문 공세가 이어졌고, 한없이 자애로운 분위기 속에서 수술이 끝났다. 물론 정규 멤버가 참여할 때보다 수술 시간이 1시간은 더 길어졌지만 선생님도 그럭저럭 만족하신듯한 표정으로 수술장을 나가셨다. 작전은 성공했고, 그날 저녁 팀 회식 때 인턴을 위해 순댓국에다가 특별히 순대볶음까지 시켜줬다. 10여 년이 지난 지금 그 인턴은 본인의 생각대로 외과와 전혀 상관없는 다른 과 전문의가 되어 맹활약하고 있다는 소문이 들려온다.

지금 와서 생각해 보면 X선생님의 그 질문에 이렇게 대답을 했었다면 어땠을까 궁금하다.

"원래 외과는 생각하지 않고 있었는데, 이번 달 선생님을 보고 제 인생의 롤모델로 삼게 되었습니다."

05. 포정해우

"우리 각자는 진리 주위에서 자신의 포물선을 그린다. 비슷한 두 궤도는 없다. 이 궤도 일치는 우리가 바보 만들기라고 불렀던 그것이다. 자신의 고유한 궤도 위에 있지 않는 한 아무도 진리와 관계 맺을 수 없다. 그는 그 길 위에서 몇가지 진리를 얻는 것이다. 진리는 자기 자신의 친구일 뿐이다."

_자크 랑시에르,《무지한 스승》(궁리출판)

《장자》의 〈양생주편〉에는 빼어난 칼잡이 포정이 등장한다. 백정 포정이 소를 잡을 때 힘을 전혀 들이지 않고 물 흐르듯이 음률에 맞게 일을 했는데, 그 광경을 본 주군인 문혜군이 그 비결을 물었다. 이에 포정은 '뼈마디에는 천리에 따라 틈새가 있고, 제 칼날에는 두께가 없습니다'라고 대답한다. 솜씨 없는 칼잡이는 자신의 힘만 믿고 틈새가 없는 곳으로 향한다. 그렇게 근육과 뼈를 억지로 가르므로 칼날이 쉽게 상해 자주 칼을 바꿔야 하지만, 포정은 해부학적 구조의 결대로 칼을 썼기 때문에 19년간 수천 마리의 소를 잡았어도 여전히 그의 칼날은 방금 숫돌로 간 것처럼 날카로웠다. 이 고사에서 비롯되어, 어느 분야에 달인의 경지에 이르러 신기에 가까운 솜씨를 자랑할 때, '포정해우(庖丁解牛)'라 일컫는다.

　사람이 하는 일인 수술도 포정의 말대로 틈새를 찾아 선을 긋는 것에서부터 시작된다. 태생기에 기원이 다른 장기가 서로 만나 차곡차곡 붙어 있는 곳에는 성긴 조직만 있고, 중요한 혈관은 지나가지 않는다. 장기 사이의 이러한 무혈관의 연속선을 따라가야만 출혈이 없는 안전한 외과적 절제면으로 들어갈 수 있다. 직장암 수술을 현대화했다는 혁혁한 공로를 인정받고 있는 영국의 외과 의사 힐드(Dr. Richard J. Heald) 선생님은 직장암 수술에서 발견되는 이 공간을 'Holy plane'이라고 성스럽게 명명했다. 이 숨겨진 절제면을 따라가는 수술을 해야 암이라는 오류를 다시 바로 잡을 수 있다는 뜻으로 이해한다.

　안전한 절제면은 수술에 따라 그 간격이 너무나 좁은 경우가 있는데, 실제로 종이 한 장 두께의 물리적인 차이로 성공과 실패가 갈린다. 이 선의 이쪽에는 출혈, 합병증, 혈관외과 의사, 금식, CT촬영, 중환자실, 멱살잡이, 소송, 재발 그리고 죽음이 줄지어 서 있고, 다른 한편에는 깨끗한 수술, 환한 미소, 퇴원,

감사의 말, 선량한 보호자가 기다리고 있다. 이것들은 대개 줄지어 오지만, 경우에 따라서는 이쪽과 저쪽의 세계가 서로 중간에서 엇갈리기도 한다.

외과 의사들이 수련 기간 동안 주로 하는 일은, 참여하는 수술에서 끝없이 많은 이 자유로운 선들을 지겹도록 보는 일이다. 이 선들은 어떤 객관적인 수치와 지표로 표현되기보다는 많은 부분이 '천리'라는 선험적인 것들로 규정된다. 수없이 많은 선들이 겹쳐져 마침내 하나의 곡선을 마음속에 그릴 수 있게 되면 수련은 사실 끝난 것이다. 하지만 인간의 '자유의지' 혹은 늘 똑같은 스승보다 자신이 더 뛰어나다는 '오만' 때문에 외과의의 선은 조금씩 다르다. 이런 자유의지와 오만함 덕분에 의학과 수술은 지금 이 순간도 눈부시게 진보하고 있지만 그 때문에 세상 어디에도 영원히 완벽한 수술법은 존재할 수 없는 것이다.

장기에 따라서 선 긋기 즉 절제술만으로 수술이 끝나는 경우가 있고, 후반 작업이 필요한 경우가 있다. 파괴된 조직의 부피를 단순하게 되살리는 일이나 그보다 좀 더 나아가 끊어진 장기를 다시 연결하는 '문합'이라는 과정을 통해 기능을 보존하는 일이 후반 작업이다. 이런 작업을 꼭 해야 하는 외과의들은 '수술이 없는 과'를 부러워하는 것만큼이나 외과 내에서도 무엇인가를 연결하는 수술이 없는 파트를 진심으로 부러워하는데, 그 이유는 외과 의사와 환자의 '갑을 관계'가 대개 이 후반 작업의 성패로 갈리기 때문이다.

환자 몸에 칼을 대기 전까지는 치료법을 가진 의사가 '갑', 병을 가진 환자가 '을'이다. 이 관계는 병의 중증도와 응급 정도에 따라 과장되고 확대된다. 이후 수술이 끝난 후 결과를 알 수 없는 몇 일간의 막막한 터널을 지나는 동안은 환자가 '갑', 의사가 '을'로 일시적인 역전이 일어난다. 솜씨가 아무리 빼어나고 큰소리치는 의사라도 수술이 끝나고 난 뒤 이 불안한 터널을 지나는 기간에는 예측 불가능한 여러 가지 변수 때문에 '수동공격형 을'일 수밖에 없다. 하지만 이 관계는 환자가 별다른 문제없이 회복하고 의사가 퇴원일을 당당하게 통보하는 시점에서 완전하게 처음으로 돌아간다. 이 퇴원일을 환자나 보호자가

48

'함부로' 정하는 것을 외과의들이 싫어하는 이유가 바로 여기에 있다. 그리고 그 관계는 후기 합병증이나 재발이 생기기 전까지는 비교적 잘 유지된다.

지금 병동에는 내가 아직 완성하지 못한 각각의 다른 선들로 수술을 한 환자들이 있는데, 이 환자들과 나의 갑을 관계 수준을 나름의 비모수적 방법으로 분석을 했을 때 비교적 '을'의 기간이 길다. 포정의 도를 깨치지 못한 나는 노자의 말처럼, 수술이라는 비대칭적으로 합의된 폭력이 한없이 두렵고 또 조심할 뿐이다.

"여(與)함이여, 겨울 냇물을 건너듯이, 유(猶)함이여, 너의 이웃을 두려워하듯이."

06. 표준화 환자

"공감은 그저 정말 힘드시겠어요 하는 말을 꼬박꼬박 해 주는 것이 아니다. 그것은 고난을 빛 속으로 끌어와 눈에 보이게 만드는 방법을 알아내는 것이다. 공감은 그저 귀를 기울이는 것이 아니라, 귀 기울여 들어야 할 답을 하게끔 질문하는 것이다. (…) 공감은 자기 시야 너머로 끝없이 뻗어 간 맥락의 지평선을 인정한다는 것이다."

_레슬리 제이미슨,《공감 연습》(문학과지성사)

미국의 촉망받는 에세이 작가 레슬리 제이미슨(Leslie Jamison)은 그의 책의 서두에서 표준화 환자(Standardized patient)로 시간당 13.5 달러의 급여를 받던 시절을 회상한다. 표준화 환자는 주로 SP로 불리는데, 의과대학 학생들의 실습 상대가 되어 주는 일종의 모의 환자이다. 특정한 질병의 표준 증상과 병력을 소화해서 연기하는 의료 배우를 뜻한다.

표준화 환자가 숙지해야 하는 대본 분량은 대략 10쪽 정도인데, 이를 토대로 통증 부위, 출신 지역, 가족력, 최근의 체중 변화, 음주량 등 잘 짜인 허구의 인물을 상상해 연기해야 한다. 가령 치핵을 가진 환자라고 하면, 변기를 흥건하게 채울 정도의 혈변 증

상을 호소해야 하고 음주한 다음 날에는 그 증상이
더 악화되고 가끔은 항문 밖으로 빠져나온 치핵을 손
으로 밀어 넣어야 하는 등의 증상을 가지고 있는 것
이다.

우리나라에서 의사가 되려면 의사국가고시
를 통과해야 하는데, 이러한 표준화 환자를 면담하
고 검진하며 진단을 내리는 과정이 시험에 포함되어
있다. 우리말로 임상 수행능력 평가(Clinical Performance
Examination, CPX)라고 불리는데, 미국에 사는 레슬리
제이미슨도 표준화 환자로 활동한 것을 보니 아마
도 미국에서 먼저 도입되어 시행되고 있는 제도로 추
정된다. 우리나라의 국가고시에 포함된 지 10년 정
도 되었으므로, 당연히 나는 시험으로 경험한 적이
없다. 이 사실을 다행으로 여기면서 지금 학생들을
상대하면서는 '평가자' 역할을 하는 것에 큰 기쁨을
느낀다. 시험을 치르는 과목이므로 학교에서 가르치
지 않을 수 없기도 하다.

지난 몇 년간 내가 교육을 맡은 표준화 환자의
주요 증상도 혈변이었다. 월요일 오전 외래에서 진

짜 혈변 환자들을 만나고, 오후에는 가짜 혈변 환자와 이 가짜 혈변 환자를 대하는 예비 의사 30명을 상대하는 하루가 끝나는 날이면 내 몸에서도 혈변이 뿜어져 나오는 듯한 착각과 피로가 몰려왔다. 모의 환자는 주로 중년의 아저씨들이었다. 표준화 환자 역할을 연극배우가 한다는 말이 있던데, 이 분들은 연기가 너무나 자연스러워서 실제 환자가 아닐까 하는 의심이 들 정도였다. 얼마나 대본에 충실하게 메소드 연기를 펼치는지 구체적으로 예를 들자면 이렇다. 학생이 병력을 듣고 신체 검진을 통해 암으로 추정된다는 진단을 너무 쉽게 말하는 경우, 표준화 환자는 '너무 놀라서 상심한다'는 지문을 연기했는데, 학생들이 이에 도저히 대응할 엄두를 못 낼 정도로 마치 절벽에 올라 서 있는 것과 같은 절망이 가득찬 상태의 무거운 분위기를 연출했다.

이 시험은 혈변이라는 증상을 통해 병을 진단해 가는 과정에서 반드시 확인해야 하는 중요한 질문들을 빠뜨리지 않는 것이 고득점을 낼 수 있는 비결이다. 필수 체크 항목을 머릿속에 넣고 구조화된 흐름에 따라 질문해야 한다. 혈변의 양상, 기저 질환, 가족력, 복용하고 있는 약에 대한 질문을 이어가는데 주어진 시간이 대략 10분 정도이다. 환자 혹은 모의 환자를 거의 처음 만나 보는 시간이라 학생들은 적잖이 당황하고 어색해한다. 디지털 시대에 살면서 역설적으로 '근거리 인간'과의 소통에는 익숙하지 않은 세대에게는 더욱 그러할 것이다.

중요한 의학적 질문과 추정의 과정보다 우선 해야 하는 첫 번째 필수 체크 항목은 '환자에게 얼마나 공감을 했느냐?'는 항목이다. '혈변 증상이 나타나서 얼마나 놀라셨나요?' 등의 '말로 표현된 공감'이 중요하다. 표현되지 않는 공감은 채점을 할 수가 없어서 반드시 말로 표현되어야 한다. 이런 공감이 지나치다 보면 혈변이라는 증상에도 존칭이 붙고 가끔은 변기 같은 사물에도 존칭이 붙는다.

그런데 공감 능력이 훈련을 통해서 갑자기 길러질 수 있을까? 나는 이 부분에 대해서는 좀 회의적이다. 공감하는 능력을 배양시키는 것이 어려우므로, 그보다는 공감하는 연기력이라도 갖추게 하는 것이 현재 우리의 교육 방식인 것 같다. 표준화된 환자에 대한 표준화된 공감 표현.

이론과 현실은 다르다는 말은 의과대학 교육 현장에서도 어김없이 적용된다. 애석하게도 대한민국에는 CPX에서 배운 것처럼 10분에 한 명씩 여유 있게 진료할 수 있는 의사는 없다. '3분 진료'에 최적화된 나는, 이렇게 늘어지는 거북이 진료를 보다 보면 답답함이 끓어오른다. 학생들은 배운 대로 열심히 하고 있을 뿐이다. 실제 환자는 의사의 질문에 한 번에 유효한 답을 하는 경우가 거의 없다. '언제부터 혈변이 나왔나요?'라는 질문에는 '좀 된 것 같습니다'라는 계량이 불가능한 답을 얻는다. 바른 답을 얻기 위해서는 바른 질문이 필요하다는 말처럼, 마음을 고쳐먹고 좀 더 과학적인 접근을 시도하기도 한다. '그럼 며칠 전부터 혈변 증상이 있었나요?'라는 질문에는 '한 며칠 된 것 같은데요'라는 영원 회귀스러운 상황을 만나기도 한다.

철저히 개별적으로 아픈 환자들은 비슷비슷하지만 저마다 다른 사연을 말하고, 의학적으로 중요한

질문에 적절한 답을 주기보다는 자신의 증상의 고유
성에 더 집중해 주고 공감해 주기를 바란다. 그러면
서도 자신이 겪는 증상처럼 아픈 사람이 있는지를 묻
고 그런 환자가 많다는 사실에 안도하기도 한다. CPX
에서 고득점을 얻기 위해서 적절한 질문을 하고 끝없
이 들어야 한다면, 실제 임상 진료 행위에서는 환자
의 진술 중에서 현재의 문제를 잘 해결할 수 있는 정
보를 우선 획득할 수 있도록 기술적으로 잘 유도하
고 불필요한 진술은 효과적으로 잘 끊는 연습이 필요
하다. 그래도 나는 CPX에서 가르친 대로 환자의 증상
에 공감하며 끝없이 경청하는 의사가 많아지는 의료
환경이 되기를 소망한다. 누구나 그런 대우를 받기를
원할 것이다. 하지만 현실은 이론과는 크게 다르고,
바람과도 다르다는 것.

'말로 표현된 공감'이 중요하다. 표현되지 않는 공감은 채점을 할 수가 없어서 반드시 말로 표현되어야 한다.

07. 맹장 수술

"복막염은 응급 수술이 필요한 급성 질환이다. 외과 의사가 최대한 빨리 원인을 바로잡거나 제거하고, 복강을 씻어 내야 한다는 의미이다. 수술은 가능한 한 병이 덜 진행됐을 때 실시되어야 하며 패혈성 쇼크가 발생하기 전에 돌입하는 것이 좋다. 가장 적합한 수술 시점은 문제가 시작된 기관, 즉 자그마한 충수만 영향을 받았을 때다."

_아르놀트 판 더 라르,《메스를 잡다》(을유문화사)

맹장 수술은 전 국민이 다 할 수 있다고 믿는 수술이다. 뜨거운 물을 부어 컵라면을 끓이는 정도로 간단하게 생각한다. 수술을 받는 사람도 흔하고 수술을 하는 사람도 흔하다. 그런 이유로 맹장 수술 후에 합병증이라도 생기면 그 외과 의사는 영락없이 돌팔이가 되고 만다. 맹장 수술도 못하는 외과 의사는 이 나라에서 '한글도 못 읽는 초등학생'만큼이나 모욕적인 말일지도 모른다. 외과 의사들끼리 하는 말로 '외과 의사는 맹장 수술로 일어서고 맹장 수술로 끝난다'라는 말이 있다. 가령, 외과 전공의 1년 차 겨울에 하는 '초집도식'이라는 의식이 있다. 이 행사는 외과 의사로서 처음 집도한 수술을 선배와 동료가 축하

해 주는 시간이다. 이 시간에 발표하는 거의 모든 수술이 맹장 수술이다. 그만큼 입문자에게도 기본적인 수술이라는 뜻이다.

이 수술의 안전성이 확립된 계기는 영국에서 있었다. 1902년 영국에 살던 유명한 외과 의사 프레데릭 트레버스(Frederick Treves)는 영국 국왕이었던 에드워드 7세(Edward Ⅶ)의 복통을 충수염으로 진단하고 수술을 시행하게 된다. 그의 귀신같은 솜씨로 수술은 잘되었고, 그날 저녁에 어떤 기자가 왕을 방문했을 때는 침실에 누워 담배를 피우고 있었다고 한다. 지금은 흔하고 흔한 충수염 수술 한 건을 잘해서 귀족 작위를 받았던 외과 의사가 실제로 있었던 것이다.

사실 맹장 수술은 잘못된 말인데 정확히 말하자면 '충수돌기 절제술'이 되겠다. 충수돌기는 오른쪽 아랫배에 위치한 새끼손가락 정도 길이의 퇴화된 장인데, 염증이 생기면 절제하는 것이 표준치료법이다. 전공의 시절 B병원에 파견을 나갔을 때 이 수술을 참 많이 했다. 1년 차 때는 당직 주치의라서, 2년 차 때는 바쁜 1년 차를 돕느라고, 3년 차 때는 고생하는

60

1년 차와 2년 차를 쉬게 해 주려고, 4년 차 때는 격무에 지친 1년 차가 마침내 도망을 가서 도맡았다. B병원에서는 충수염 환자가 끝없이 이어졌다. 많은 날에는 하루에 5명까지도 수술을 했다. 그 일대의 충수염을 발본색원하듯이 수술했지만 우하복부 통증을 호소하는 환자들이 응급실로 줄을 이었다. 인구밀도가 높지 않고 고층 아파트가 많지 않은 동네였는데도 늘 새로운 환자들이 넘쳤다.

그래서 이 병원에서는 충수염이 전염병의 형태로 퍼진다는 말이 있었고, 축구선수 박지성이 두 개의 심장을 가졌다는 이야기처럼, 이 지역 주민들의 충수는 떼어 내도 다시 자라나는 것이 아니냐는 괴담까지 돌았다. B병원과 전혀 관계없는 다른 동네에 사는 지인이 얼마 전 B병원에서 이 수술을 받고 누워 있다는 소식을 들었다. 연고가 없는 동네를 지나가다가 갑자기 배가 몹시 아파 급하게 응급실을 찾아갔는데, 공교롭게 B병원이었다는 것이었다. 몸이 알아서 제대로 찾아갔다고 칭찬을 해 줬다.

연차가 쌓이고 C병원으로 파견을 나갔을 때 일

이다. 공항에 내려서 휴대전화를 보니 오후 6시까지 병원 모처로 오라는 문자메시지가 수신되어 있었다. 짐을 풀고 병원에 가 봤더니 처음 뵙는 교수님이 충수염을 진단받은 환자의 수술을 준비하고 있다고 했다. 그간 갈고닦은 실력으로 대략 30분 만에 수술을 마무리하고 '잘되었습니다'라고 보고했더니, '그럼 옆방에 있는 다른 환자도 마저 수술하게'라고 하셨다. 그 환자의 수술도 비교적 쉽게 끝내고 나니, 교수님은 '앞으로 자네가 이 병원의 맹장 수술을 도맡아 하게'라고 하셨다. 그래서 해당 병원에 파견 나가 있었던 2개월 동안 대략 100여 명의 충수 절제를 했는데 파견 기간이 끝날 무렵에는 그동안 마취를 해 주시던 마취과 과장님이 '나도 충수염에 걸리면 오 선생한테 수술받아야겠네'라고 하실 정도였다.

파견 근무의 마지막 달에는 수술이 능숙해져서 충수 절제를 조수 1명과 함께 12분 만에 마친 일도 있었다. 그 일을 실습 나온 학생들에게 좀 자랑했더니, 어떤 병원에서는 8분 만에 끝내는 수술도 목격했다고 한다. 역시 강호의 세계는 넓고도 넓다. 그래도 중요한 것은 수술에 걸린 속도보다 들인 정성이라고 말하면서 외공의 화려함에 미혹된 학생을 크게 꾸짖었다.

내 전공이 대장항문외과인 이유로 가끔 충수염 수술을 해 달라는 부탁을 받는다. 충수가 대장의 입구에 붙어 있기 때문이다. 요즘은 충수염 수술은 주로 당직 전공의나 전임의 선생님들이 무난히 진행하고 있어서 직접 수술하는 경우가 드물다. 그래서 그런 부탁을 받을 때에는 '당연히 제가 수술을 할 수는 있는데, 요즘 잘 안 하다 보니 합병증이 많이 생겨서 멀쩡하게 퇴원하는 분들이 드물긴 합니다'라고 덤덤하게 말씀을 드린다.

08. 타과의뢰

"한때는 의사로서 가장 힘든 싸움이 기술을 터득하는
일이라고 생각했다. 하지만 아니었다. 내가 깨달은 바
로는 의사라는 직업에서 가장 어려운 과제는 능력 안의
일과 능력 밖의 일을 아는 것이다."

_아툴 가완디, 《어떻게 일할 것인가》(웅진지식하우스)

"그리고 다른 병은 무엇이 있으신가요?"

"15년 전에 당뇨를 진단받았고, 10년 전에는 협
심증이 왔고, 5년 전에 뇌경색이 와서 오른쪽에 마비
증상이 있습니다. 제 몸이 종합병원입니다."

종합병원에 와서 스스로를 종합병원이라고 소
개하는 환자들. 병원에 오는 환자들과 나누는 흔한
대화다. 환자가 수술을 받기 위해 입원을 했는데 여
러 가지 기저 질환을 앓고 있는 경우, 해당 진료과의
능력을 벗어나는 경우가 많다. 예를 들어 개복 수술
을 해야 하는데, 뇌졸중 병력이 있다거나 협심증으로
인해 관상동맥 스텐트를 삽입해서 항혈소판제를 복
용하고 있는 등의 경우이다. 수술 진행에 방해가 되
는 이런 문제를 해결해야 당면한 현재 문제를 풀 수
가 있다. 그래서 병원 내에는 '협의진료'라고 불리는

절차가 있다. 줄여서 '협진'이라고 부르기도 하고, '타과의뢰'라고 하기도 하는데, 영어로는 컨설트(consult)라고 부른다.

이런 타과의 문제를 해결할 때는 젊은 교수들이 주로 동원된다. 전공의들 사이에서는 이 문제를 친절하고 깔끔하게 해결해 주는 교수들 명단인 '추천 리스트'가 나돈다. 문제는 매우 긴 주관식 형태인데, 출제자가 원하는 방향으로 간결하게 답을 써줄 때 환영받는다. 전공의 시절 외과 원로 교수님께 산부인과에서 날아온 매우 복잡한 재발성 골반종양 환자에 관한 컨설트가 있었는데, 그 답은 매우 간단명료했다. "외과로 전과해 주시기 바랍니다."

더 이상 무슨 말이 필요한가?

옛날에는 타과의뢰를 하려면 당연히 편지를 썼다. 물론 종이 위에 펜으로 직접 썼다. A4 용지에 질문이 절반, 나머지 빈칸은 답란이다. 이렇게 의뢰서를 쓰면 병동에서 '사원님'이라고 불리는 직원이 근무 시간에 이 편지를 잘 모아서 해당 교수의 연구실 문에 붙여 놨다. 급한 컨설트의 경우에는 이런 절차를 밟고 있을 여유가 없으므로 전공의들이 컨설트 용지를 들고 외래 진료실에 직접 찾아가기도 했다. 이때에는 '오늘 오후에 꼭 수술해야 하는 환자가 있는데, 진행해도 된다고 써 주십시오'라는 단호한 표정을 드러내는 것이 중요하다.

더 긴급한 컨설트의 경우에는 출근하는 교수님의 방 앞에서 기다렸다가 출근 선물로 품에 안겨드리기도 했다. '환자가 수술 후 간부전으로 사경을 헤매고 있는데, 교수님 같은 명의가 봐 주셔야 환자가 기사회생할 것 같습니다'라거나 '수술 후 폐렴으로 인공호흡기를 하고 있는데, 저희처럼 무식한 것들이 배나 쨀 줄 알지 이런 환자를 어떻게 보겠습니까?'라는 절실함을 잘 연기해야 한다. 협상이 파국으로 끝났을 경우를 대비해 다른 교수님께 쓰는 의뢰서도 미리 작성해서 소지하고 있어야 함은 기본이다.

컨설트의 끝은 대개 이런 말로 끝났다. '고진선처 앙망하나이다.' 고진선처(苦盡善處)란 '고생이 되더라도 잘 처리해 주시기 바랍니다'라는 뜻이고, 앙망

(仰望)이란 '자기의 요구나 희망이 실현되기를 우러러 바람'이라는 뜻이라고 한다. 참 어려운 말들이었지만, 이런 말을 써야 격식에 맞는 타과의뢰라고 했다. 한자어를 써야 한다는 압박감에 작일(어제), 금일(오늘), 명일(내일), 익일(그다음 날) 같은 말들도 썼는데, 요즘에도 이런 말을 쓰는 전공의를 보면 크게 비웃어 주곤 한다. 바르고 쉬운 우리말을 쓰면 되지, 왜 자꾸 스마트폰으로 어려운 말의 뜻을 검색하게 만드는지 모르겠다. 이런 쓸데없는 말들보다 중요한 것은 감언 이설이다. 수신자가 기분이 좋아져야 한다. 그 분야에서 독보적인 권위를 인정받고 있는 느낌이 들게 해야 목적을 이룰 수 있다. '역시 믿을 만한 의사는 나밖에 없구나' 하는 착각으로 책임감을 불러일으키는 타과의뢰야 말로 명문이다.

컴퓨터와 전자의무기록이 보편화된 지금은 이런 타과의뢰서를 컴퓨터에서 작성해 전송하면 간편하게 해결된다. 다른 진료과에도 '복사해서 붙여넣기'를 하면 되므로 일이 정말 편해졌다. 의뢰를 받는 수신자도 의무기록 시스템에 로그인을 하면 타과의

고진선처 앙망하나이다

뢰가 왔다는 알림이 뜨고, 그 내용을 바로 확인할 수가 있다. 더 적극적인 의사는 타과의뢰서가 수신되면 바로 알 수 있도록 문자메시지로 실시간 알림을 받기도 한다. 문제는 밤에 일하는 전공의들 덕분에 시도 때도 없이 문자 알림이 자동으로 울린다는 점이다.

타과의뢰서를 쓰는 사람의 입장에서 보자면, 부적절하거나 예의 없는 회신을 보면 마음이 불편해진다. 왜 바쁜 나한테 의뢰를 했냐는 차가운 말, 무슨무슨 검사도 안 하고 의뢰를 하냐는 내용, 이렇게 기본적인 것도 모르면서 어떻게 환자를 보느냐는 훈계까지! 타과의뢰서도 환자를 중심에 둔 명백한 의무기록인데 사사로이 주고 받는 메시지 창으로 여기는 의사들을 보면 안타깝다. 환자도 잘 봐주지 않으면서 이렇게 까칠한 교수는 전공의 사이에서 '비추천 리스트'에 오른다. 나로서는 몇 년 전에 문학상을 받은 이후로 회신할 때에도 늘 신경이 쓰인다. 비웃음을 사지 않을까 하는 걱정에 비문이나 오탈자가 있지는 않은지 서명을 누르기 전에 다시 한번 살피게 된다.

사람이 편지를 들고 왔다갔다 하는 인정이 사라

진 세태이지만, 딱딱한 의뢰서에 더해서 직접 전화를 하거나 따뜻한 내용의 읍소를 담은 문자메시지를 추가로 받을 때는 아무래도 마음을 더 쓰게 된다. 1시간이라도 일찍 환자 진료를 봐야겠다는 생각도 들고, 딱한 사정이 있으니 우리 과로 데려와야겠다는 심약한 생각도 든다.

타과의뢰를 받고 환자를 진료하러 가는 길은 시간과 공력이 꽤 든다. 다른 병동에 있는 환자를 사전에 파악하고, 이동, 진찰, 상담까지 하려면 대략 30분 정도가 소요되는데, 때마침 환자가 병실 자리를 비우고 부재중이기라도 하면 이런 낭패가 없다. 가끔은 연로한 환자만 있고 보호자가 없을 때도 있는데 이럴 때는 원활한 의사결정이 이루어지지 않는다. 대장암으로 진단되어 수술이 필요하다는 의뢰를 받고 병실에 가 보면, 환자는 아직 검사 내용에 대한 아무런 설명을 듣지 못해서 서로 당황하는 경우도 있다. 그래서 외래 진료 시간에 맞춰서 내려오시라고 미리 답변을 써 놓기도 하는데, 환자도 보호자도 마음의 준비를 하고 차분하게 진료를 받을 수 있어서 괜찮은 방법인 것 같다.

건강보험에서 정한 타과의뢰의 한글수가명은 '협의진찰료'인데, 보험수가로는 2020년 기준으로 14,230원이다. 이 중 환자 본인이 내는 본인부담금은 20퍼센트(약 3,000원)이고, 암 등 중증질환을 가진 환자에게는 5퍼센트(약 700원)가 청구된다. 병원에서는 타과의뢰의 회신이 신속하게 처리되어야 입원 기간을 줄일 수 있으므로 빠른 회신을 독려한다. 그래서 24시간 이내에 회신을 하는 경우에는 해당 의사에게 대략 3,000원 가량의 '특별 인센티브'가 붙고 있다.

사람이 편지를 들고 왔다갔다 하는 인정이 사라진 세대이지만, 딱딱한 의뢰서에 더해서 직접 전화를 하거나 따뜻한 내용의 읍소를 담은 문자메시지를 추가로 받을 때는 아무래도 마음을 더 쓰게 된다.

09. 외인사

"많은 사람들은 고통을 겪을 때 그 고통이 가치가 있고 어떤 교훈을 준다고 생각한다. 인간이 겪는 참혹한 고통을 깊이 들여다보았던 많은 학자들이 말해 왔듯이, 절대적 고통 앞에서 사람이 깨닫게 되는 것은 사실 고통에 아무 의미가 없다는 것이다. 그럼에도 그저 그 고통을 겪는 수밖에 없다. 그런 고통을 겪다 보면 사람은 무기력해질 수밖에 없다. 고통의 무의미성이야말로 인간이 겪어야 하는 가장 큰 고통이다."

_엄기호,《고통은 나눌 수 있는가》(나무연필)

전공의 1년 차로 B병원에 파견 근무를 나갔을 때의 일이다. 토요일 새벽 3시였다. 오후 2시부터 시작한 응급 수술 몇 개가 마무리될 무렵이었다. 이제 좀 잠을 잘 수 있으려나 했더니, 또 응급실로부터 호출이다. 어떻게 이렇게 수술이 끝나는 시간을 딱딱 맞추는지 모르겠다. 응급실 인턴들이란 참 끈질기고 집요한 인간들이다. 그렇게 구박하고 협박해도 환자가 오면 언제 그랬냐는 듯 "선생님, 선생님이 꼭 봐 주셔야 되는 환자라서 연락 드렸어요"라고 말하기 일쑤다. 입가에 욕을 한가득 머금고 호출기를 쥐고 응급실 번호를 확인시켜 준 간호사에게 전화해 달라고 했다. 역시나 빨리 내려와 달라는 요구였다.

　　응급실은 아수라장이었다. 멀리서 보니 학생으로 보이는 젊은 여성이 의사, 간호사, 경찰, 보호자에게 둘러싸여 있었다. 출혈이 있는지 얼굴이 창백했다. 의료진들은 팔다리에 다 달라붙어서 수혈을 하려고 정맥주사를 잡고 있었다. 응급의학과 의사는 옷을 가위로 자르고, 머리에서부터 발끝까지 살살이 살피고 있었고, 놓치기 쉬운 등 부위까지 관찰하고 있었다. 중증 외상 환자였던 것이다. 가까이서 보니 출혈 부위가 한두 군데가 아니었다. 심한 원한을 품지 않고서는 그렇게까지 못했을 정도였다. 다행히도 모니터에 색깔과 숫자로 보이는 혈압과 맥박수 같은 활력 징후는 비교적 안정적이었고 의식도 명료했다. 그녀는 30여분 전 새벽에 귀가하다가 정체를 알 수 없는 괴한에게 갑작스러운 습격을 당했다고 했다. 칼에 찔리고 난 후 가까스로 친구에게 전화 걸어서 경찰이 출동했고, 이어 119 구조대의 도움으로 급히 응급실로 후송되었다.

　　장갑을 끼고 상처 부위들을 살펴보니 피부, 피

하지방, 근육을 뚫고 복막까지 손상을 당한 듯했다. 자상 부위로 배어 나오는 출혈은 처음에는 그렇게 많지 않았다. 상처가 복강 속까지 가 있는 경우에는 당연하게도 응급 수술을 해야 한다. 간, 장, 큰 혈관 등 복부의 중요 장기에 손상된 곳은 없는지 반드시 살펴봐야 하기 때문이다.

3년 차 레지던트 선배에게 환자를 보고했다. 선배는 위중한 상태를 파악하고는 초응급으로 수술을 서두르자고 했다. 응급 수술이 결정된다고 해서 곧바로 수술장에 가는 것은 아니고, 거쳐야 하는 복잡한 단계가 있다. 우선 마취과 당직에게 연락한다. 황송하게도 응급 수술을 허락해 주시면 간호 파트에 연락한다. 간호 파트에서도 허락해 주시면 대강의 수술 시작 시간을 정하고, 환자와 보호자를 불러 수술 동의서를 받고, 수술 전 검사를 챙긴다. 수술 스케줄을 입력하고 수술방으로 환자를 모시고 갈 이송요원을 부른다. 집도를 맡을 당직 스탭 선생님께 연락을 드리는 것은 가장 기본인데, 이 순서들이 뒤죽박죽되기도 한다. 환자는 전신 CT를 찍고 바로 수술방으로 옮겨졌다. 온몸에 주사를 연결해 수혈을 계속하고 있었다.

수술 준비는 뒤죽박죽이었지만 신속하게 진행됐다. 수술에 들어간 시간은 처음 연락을 받은 시간으로부터 대략 1시간 정도 지났을 뿐이었다. 그렇지만 수술대에 누운 환자의 활력 징후는 응급실에 있을 때보다 급격히 나빠졌다. CT를 보니 복강 내 출혈량이 상당했고 상황이 녹록치 않다는 것을 말해 주었다. 응급실에서 보았을 때는 대단치 않았던 자상 부위의 출혈이 이제 거침없이 시작되고 있었다.

극한의 상황과 마주할 때도 말과 행동을 통제할 수 있을까? 수술대에 힘없이 누워 있던 환자는 옆에 서 있던 나에게 나지막이 이런 말을 했다.

"선생님, 빨리 마취시켜 주세요. 너무 고통스러워요."

수혈할 혈액을 많이 준비해 달라고 부탁하고, 일단 수술을 시작했다. 역시 문제는 오른쪽 윗배의 상처를 통해 들어온 칼이 찢어 놓은 간과 그 주위의 혈관들이었다. 간, 십이지장, 인대 주변도 출혈이 심각했다. 출혈 부위를 확인하기 위해 석션으로 빨아내고 누르고 다시 빨아내도 끝없이 올라오는 붉은 피가 복강을 가득 채웠다. 수술을 시작한지 얼마 되지 않아 마취과 의사 3명이 달라붙어서 적혈구를 중심 정맥으로 들이부어도 혈압이 잘 잡히지 않았다. 과다출혈과 대량 수혈로 인한 응고 장애가 시작되어 조그만 혈관에서의 지혈도 잘되지 않았고, 온몸에서 새로운 피들이 계속 새어 나오고 있었다.

밑 빠진 독에 물 붓기가 딱 맞는 말이었다. 1년 전 비슷한 환자가 떠올랐다. 복부대동맥류 파열로 응급실로 실려 온 80대 할아버지였다. 불행하게도 응급 수술 준비 도중 심정지가 발생했다. 응급실에서부터 심폐소생술을 시작했고, 수술장으로 이동하는 중에도 이동침대에 올라타서 심장마사지를 계속했다. 대동맥이 제대로 터져서 생기는 출혈이었다. 수술 시야가 확보되지 못해 개복을 한지 1시간이 지나도 터진 대동맥의 상방을 확인할 수가 없었다. 모두가 포기해 망연자실한 순간에 기적적으로 대동맥을 압박하여 지혈이 가능했다. 인조혈관으로 새로운 대동맥을 만들고 수술을 끝냈지만, 할아버지는 저산소성 뇌손상과 신부전으로 3개월 가량을 중환자실에서 의식이 없는 채로 지냈다. 결국 집 근처에 있는 병원으로 '소생가능성이 없는 퇴원(hopeless discharge)'을 했다.

지금 내 눈앞에 누워 있는 이 젊은 여성에게도 기적이 필요했다. 수술은 별다른 수확 없이 3시간째 피바다의 지옥에서 헤매고 있었다. 무려 50팩의 적혈구(건강한 사람 4명 분의 피)를 수혈했다. 하지만 혈압을 안정화시킬 수 있는 유일한 방법인 효과적인 지혈은 이뤄지지 못했다. 작년 그 할아버지와 또 그와 함께 했던 주치의 시절의 고통스러운 시간을 떠올리며, 나는 빨리 마취시켜 달라던 그 환자처럼 상식 밖의 생각을 했다. '빨리 끝났으면 좋겠다.'

솔직한 생각이었다. 나의 나쁜 생각은 결국 현실로 이어졌고 환자는 사망했다. 내가 들어간 수술에서 첫번째 테이블 데스(table death, 수술 중 사망)였다. 외과 의사에게 테이블 데스는 정신과 의사가 환자의 자살을 막지 못했을 때나 산부인과 의사가 불운한 사산을 경험하는 것 이상의 충격이다.

"미안해, 엄마가 널 지키지 못해서….."

중환자실로 차디차게 식어서 나온 딸을 향해 나오는 울음 소리를 옆으로 하고 사인을 외인사, 사망 시각 7:20분으로 사망진단서를 썼다. 이렇게 젊은 환자의 사망진단서를 쓴 것은 처음이었다. 비고란에 우리도 지켜 주지 못해 정말로 미안하다고 쓰고 싶었다.

범인은 몇 년 뒤에 검거됐다. 반사회적 인격 장애가 있는 연쇄살인범이었다. 특별한 이유도 없이 그 동네에서 14명을 살해했던 범인은 사형이 확정되어 교도소에 수감되었고, 독방에서 스스로 목을 매 자살했다. 그의 아버지는 알코올의존증이 있는 가정폭력범이었다.

10. 이메일

"한눈에 알 수 있었다. 다림의 편지였다. 왜 소식이 없느냐는 말, 보고 싶다는 말, 다음 주에 다른 곳으로 전근을 간다는 말이었다. 짧은 편지였지만 손으로 만지면서 여러 번 읽었다. 그녀의 글씨로 써진 내 이름이 그렇게 사랑스럽고 자랑스러울 수가 없었다. 여러 번 읽을수록 편지에는 쓰여 있지 않은 말들이 처음부터 숨어 있었던 듯 편지지 위를 떠다녔다."

_권시진, 오흥권, 《의과대학 인문학 수업》(홍익출판미디어그룹)

진료 외의 시간에는 책상에 앉아 이메일을 읽고 쓰는 일로 많은 시간을 보낸다. 이메일을 통해 일을 전달받고, 분배하고, 부탁하고 다시 취합한다. 사무적인 내용에서부터 개인적인 내용까지 다양한 형태의 글을 만난다. 이메일은 내가 빈틈없고 쉼 없이 일하고 있다는 근무상황부다. 그런 의미에서 종종 사용하는 예약 메일 발송은 조기 퇴근자의 방만함을 성실한 파수꾼으로 탈바꿈시켜 주는 훌륭한 마법이다.

하루에 수십 통의 메일을 받는데, 잠깐 방심하면 스마트폰까지 끈질기게 따라와 읽어 달라고 숫자를 들이밀면서 아우성을 친다. 세상천지에 부모님이 아니고서야 나에게 먼저 좋은 일과 도움을 주려고 연락하는 일이 얼마나 있겠는가? 그런 이유로 이 숫자는 마이너스 통장의 숫자처럼 클수록 괴로운 숫자다.

글이라는 것은 한번 써서 남에게 내보이면 고치기가 어렵고, 타인에게 반복적으로 상처를 줄 수 있기에 신중하고 또 신중하게 써야 한다. 보내기 전에는 두세 번을 읽어 보고 맞춤법 검사를 하는 것은 너무나 기본적인 일이다. 형식이 내용의 많은 부분을 결정하기 때문이다.

몇 년 전 강의 섭외 건으로 통화와 이메일을 주고받았던 유명인 K박사와 에피소드에서 몇 가지 교훈을 얻었다. 인문학을 공부한다는 분이 어떻게 그런 수준의 이메일 매너를 가졌는지 크게 실망했다. 일방적이긴 하지만 그동안 내가 사 준 책이 벌써 몇 권인데 긴 부탁의 메일에 고작 한 줄 답장이라니. 상대에 대한 존중은 물론이고 스스로에 대한 존중도 없었다. 단지 느껴지는 것은 안하무인(眼下無人)에서 비롯되는 무성의뿐이었다.

반면 전 국민이 다 아는 청춘 멘토 S교수님의 답

장은 이렇게 시작했다.

"오 교수님, 안녕하셨어요?

편지 잘 읽었습니다. 먼저 좋은 기회 주셔서 감사드
립니다."

여기까지만 해도 이미 세 줄이다. 어차피 이 건
도 거절로 끝났지만, 내 편지를 잘 읽어 주셨다니, 이
얼마나 아름다운 편지인가? 긴 글에는 그만큼의 절
박하고 어려운 사정이 담겨 있는 법이기에 받은 글
만큼의 답장을 써 주는 게 맞겠지만, 최소한 절반은
써 줘야 예의라고 생각한다. 학회지에 논문을 투고한
다음에 이름 모를 리뷰어의 뜻 모를 의견에 맞추어
재투고를 할 때면 얼마나 비굴하고 절절하고 간곡하
고 타협적으로 답장을 쓰던가.

아련한 기억이지만, 손 편지는 봉투에 보내는
사람과 받는 사람을 적고, 또 편지지 첫 줄에 받는 사
람을 다시 쓴다. 그리고 마지막에는 우표를 붙여야
했다. 추억의 우표가 생각나 들어가 본 우정사업본부

의 블로그에는 "잊혀 가지만 기억해 두면 좋은 편지 쓰기 예절"이 역시나 잊히기 쉽게 정리되어 있다. 편지글의 순서는 ①부르기, ②시후, ③문안, ④자기 안부, ⑤용건, ⑥작별 인사, ⑦날짜/서명이라고 규정되어 있다. 물론 웃자고 쓰는 소리다. 요즘처럼 바쁜 시대에는 '시후', '문안', '자기 안부'는 쓸 겨를이 없지만 '부르기', '작별 인사', '서명' 정도는 써줘야 하지 않을까? 작별 인사는 대개 촉촉한 감정을 전해야 하는데, 다산 정약용 선생은 공부를 게을리하는 제자에게 보낸 편지의 마지막에 '내 과거의 사람에게'라는 무시무시한 말을 썼다고 한다.

편지의 기본 예절은 이메일에도 고스란히 적용되는데, 이것은 동서양을 가리지 않고 지켜지는 격식이다. 내가 느끼기에 메일의 첫 줄에 편지 받는 사람에 대한 '부르기(호칭)'이 없거나 이상하면 그 메일을 보낸 사람은 수준이 현저히 떨어지거나 나를 깔보고 있다고 보면 틀림없다. 같이 수련을 했던 B선생은 수신자가 많은 이메일에도 '선생님께'라는 말로 편지를 시작했다. 읽은 사람 눈에는 본인을 지칭하는 것으로 느껴지게 하여 답장의 의무를 북돋는 효과가 있어 좋아 보였다. 간혹 쓰는 회사 내 메일 시스템에는 '개개인에게 보내기'라는 메뉴가 있는데, 수신자가 여럿일 때 받는 사람 화면에는 자기에게만 보낸 것처럼 구현해 주는 팁이다.

편지의 본문을 쓸 때는 주요 용건을 잘 보이게 색깔을 사용한다거나 강조하는 것이 좋다. 길고 장황한 내용일수록 다 읽을 수도 없고, 다 읽는다고 해도 무슨 말인지 이해가 안 되는 편지가 대부분이다. 그래서 결론과 원하는 바를 본문의 시작 부분에 간단명료하게 제시하는 것이 좋다. 핵심적인 내용은 제목에도 들어가 있으면 다음에 다시 찾아볼 때 요긴하다. 요청사항이 많을 때는 숫자를 붙여서 서술하는 것도 좋은 방법이다. 그렇게 해야 답장하는 사람이 해당 번호에 맞는 답을 쓰기가 편하다.

'참조'와 '숨은 참조' 기능에는 능률적인 메일 쓰기의 팁이 숨어 있는데, 이것을 잘 활용하면 '참조의 예술'을 펼칠 수가 있다. 일반적으로 참조 수신자는 업무 진행과 답장의 의무가 없다. 참조에 A라는 높은

분을 넣으면, 지정수신자에게는 '이 사안은 A선생님과 사전에 상의한 사안이므로 엄중하게 진행하기 바란다'라는 권위를 부여할 수 있다. 또 실무적인 일로 메일을 주고받을 때에도 '선생님께서는 강 건너 불구경하셔도 됩니다. 다만 저는 불철주야 일을 하고 있는 점을 알아주셨으면 좋겠습니다'라는 뜻을 보여줄 수 있다.

상급자가 아닌 사람을 참조로 넣을 때는 '이 사안에 대해서 당신의 역할은 아직 모호하지만, 당신 일처럼 알고는 있어야 한다'는 뜻이 담기고, 얼마 지나지 않아 참조 수신자는 결국 지정 수신자로 등극하는 일도 생긴다. '숨은 참조'는 '네가 해 준 일을 내가 한 일처럼 위에 보고하는데, 재능기부 언제나 고맙게 생각한다'라는 뜻을 담을 수도 있고, '내 너를 특별히 어여삐 여기므로 세상이 돌아가는 것을 보여 주겠다'라는 의미도 있어서 속마음을 전할 때 유용한 기능이다.

늘 좋은 말과 좋은 내용으로 가득한 아름다운

이메일만 받기를 기다린다. 그래도 이메일은 손 편지
만큼의 기쁨은 아니다.

11. 무림 외과

"아름다움이란 다른 사람들이 폐기시켜 버린 것들 속에 담겨 있음을 명심해야 할 것입니다. 우리의 검술도 순수하고 오염되지 않은 상태로 보존되어야 한다는 겁니다. 단순히 기교만 뒤쫓는 자들을 불쌍히 여겨야 합니다. 나의 젊은 제자들인 여러분들은 검술이라는 예술에 입문하는 영예로운 기회를 누리고 있습니다. 검술이란 돈으로는 가치를 헤아릴 수 없는 무엇이며, 여러분들의 머리와 가슴속에 깊이 새겨 놓아야 할 무엇입니다."

_아르투로 페레스 레베르테,《검의 대가》(열린책들)

어떤 동물원이 있었습니다. 이 동물원의 마지막 방에는 비밀의 방이 있었는데 그 방 앞에는 이렇게 써 있었답니다. "세상에서 가장 위험한 동물." 궁금합니다. 그래서 사람들은 열어볼까, 말까 하다가 궁금한 마음이 더 커 결국 문을 열기로 했죠. 문을 열어봤더니 무엇이 있었는지 아십니까? 거울이 하나 있었죠. 그 거울이 자기 얼굴을 비추는 겁니다. '세상에서 가장 위험한 동물은 사람이다'라고 말하는 것이지요.

그럼 병원에서 가장 위험한 사람은 누구일까

요? 그렇습니다. 바로 외과 의사입니다. 예리한 칼을 들고, 사람 몸속을 파헤치는 일을 하는 외과 의사가 병원에서 가장 위험한 사람입니다. 매우 공포스러운 일을 하는 직종입니다. 이런 일을 하는데 제대로 된 수련을 받지 못하고 엉성하게 세상에 나가면, 그가 만나는 사람들이 위태로워질 것입니다.

그렇다면 미디어를 통해 세상에 널리 퍼져 있는 외과 의사의 이미지는 어떤 것일까요? 단순 무식에 포악하고, 괴팍하며 성격이 급하고, 허풍도 세고, 뚱뚱합니다. 문제는 이뿐만이 아니죠. 차갑게 매정하고 술도 많이 마시고 소리도 잘 지릅니다. 대체로 동의하세요? 아마 그럴 것입니다. 이런 이미지를 가진 직업이 또 있죠. 바로 무사입니다. 영화 속 무사들이 다 그렇잖아요. 그래서 외과 의사와 무사 사이에는 많은 공통점이 있구나 하는 생각이 들었습니다.

많은 부분이 겹치더라구요. 우선 수련 과정이 필요하고 적당한 멘토가 필요합니다. 또 동문 집단이 있어요. 그리고 이 사람들은 말로 떠드는 사람들이 아니고 행동(performance)을 통해 성취하는 사람들입니다. 퍼포먼스의 기반은 기술입니다. 그 기술의 능숙함이 사람의 생과 사를 가를 정도로 매우 중요합니다. 아무리 좋은 기구와 칼이 있어도 기술이 없으면 쓸모가 없죠. 피를 보는 일이 다반사이고, 늘 심리적 압박감을 느끼는 상황에서 퍼포먼스가 이루어지게 됩니다. 아주 특이한 직업이죠. 강호의 평판과 명예를 중요하게 생각하고, 일정 수준의 긍정적 자의식이 반드시 필요한데, 이것도 과하게 되면 나르시시즘에 빠져 흑화되기 쉽습니다. 또한 의로운 일을 한다고 자부하지만 강한 적을 만나거나 어려운 상황에 반복적으로 처하게 되면 소진(burn out)되기도 합니다. '주화입마(走火入魔)'라는 말 아시죠? 의식은 있으나 자기 힘으로는 아무것도 못하게 되는 주화입마에 빠지게 됩니다. 그래서 넘어져도 오뚜기처럼 다시 일어나는 회복탄력성(resilience)을 갖춰야 하는 매우 복잡한 성격을 가진 직업군이죠.

무협 영화에 나오는 '강호'라고 부르는 시공간은 늘 아름답게 표현됩니다. 강호라고 하는 말은 '강하호해(江河湖海)'의 줄임말인데 '물이 있는 곳이라면 어디든'이라는 뜻이라고 합니다. 사마천의 《사기》에서부터 무협의 무대가 되어서 세상의 모든 꿈이 현실이 되는 상상 속의 땅, 정치 무대를 벗어난 은자들의 공간이 되죠. 외과 의사에게도 강호가 있을까요? 있다면 아마 수술방일 것입니다. 수술방은 메스를 들고 환자의 생명을 구하기 위해 사투를 벌이는 외과 의사에게 강호의 무대가 됩니다. 다만 사람과 싸우는 것이 아니고, 사람은 살리고 사람이 가진 병을 상대로 싸우는 것이죠.

수련(training)의 과정은 굉장히 혹독합니다. 아마추어가 생각하는 수련은 '잘할 수 있을 때'까지 입니다. 그러면 프로가 생각하는 수련은 무엇인가 하면 '틀리지 않을 때'까지 입니다. 쿠엔틴 타란티노 감독의 영화 <킬 빌>의 여자 주인공 역의 우마 서먼이 복수를 하려고 하는데, 과거에 중국인 사부에게 무술 수련을 받던 기억이 떠오릅니다. 회상만으로도 굉장히 힘들었죠. 밥 짓기, 마당 쓸기, 물 기르기 같은 쓸데없어 보이는 일을 지겹게 반복시킵니다. 거의 모든 무협 영화에서 그려지는 수련은 왜 괴팍한 사부를 만나서 이렇게 지루한 과정으로 이뤄질까요? 수련 과정이 힘든 이유는 사람에게 배우는 것도 힘들지만 비위도 맞춰야 하거든요. 뉴튼이 했다는 유명한 말도 있잖아요. '거인의 어깨에 올라서야 보인다.' 그런데 거인의 어깨에 서려면 거인의 입냄새까지도 맡아야 해요. 수련 첫 번째 단계인 끝없는 허드렛일의 의미에 대해서 요즘 드는 생각은 '기본'을 몸에 익히는 것과 함께 진짜 하고 싶은 일을 더 갈망하게 만드는 시간이 아닐까 싶습니다. 절실하고 간절히 원했던 일을 막상 하게 되더라도 언젠가는 분명히 지치거나 지겹게 느낄 때가 오는데, 이럴 때를 대비해서 중간에 포기하거나 그만두지 못하게 하는 효과 있는 것이죠. 들인 시간도 아깝고 본전 생각도 나고.

무술이나 수술을 책을 통해 익혀서 잘 해낼 수 있느냐? 절대 불가능합니다. 라이언 존슨 감독의 영화 〈스타워즈: 라스트 제다이〉에서는 말년의 루크 스카이워커가 등장합니다. 제다이 신전에서 살면서 여전히 방황하고 있는 것으로 보입니다. 레아라는 젊은 제다이 후보생이 이런 스카이워커에게 가르침을 청하게 되죠. 그런데 정작 스카이 워커는 여러 가지 문제로 가르치는 일을 하기가 싫어서 제다이 신전에 있는 책들을 다 태우려고 하지만 그것도 용기가 없어서 못 태웁니다. 그 장면에서 환생한 요다가 이런 말을 합니다. '가장 위대한 스승은 실패에서 온다.' 책에는 실패에 대한 얘기가 없거든요. 다 잘된다고만 써 있습니다. 그러나 현실은 그렇지가 않죠. 스승의 불완전함을 통해서 제자는 가르침을 받아야 한다고, 그랜드 마스터가 가르침을 준 거죠. 더 나은 제자가 세상에 나오는 것을 바라보는 것이 좋은 스승의 숙명입니다.

그런데요, 스승한테서 가르침을 받으면 수련이 완성된 상태로 강호에 나가게 되느냐고 묻는다면 그 또한 그렇지 않습니다. 그렇게 완벽하게 준비된 사람은 세상에 없어요. 마크 오스본 감독의 〈쿵푸팬더〉의 주인공 '팬더'도 마찬가지였죠. 갑작스럽게 중요한 임무를 맡게 되는데 거악을 물리칠 운명을 타고난 진정한 전사가 될 용기가 없어서 도망칩니다.

스콧 데릭슨 감독의 영화 〈닥터 스트레인지〉의

대협객의 정신으로
오늘도 환자를 살린다

주인공은 본래 신경외과 전문의였어요. 수술 실력이 빼어난 외과 의사인데, 교통사고를 당하게 되어 손을 크게 다칩니다. 그 후 다친 몸을 회복시킬 수 있는 방법을 찾다가 무사의 길을 걷게 됩니다. 무사로 바뀌는 과정도 어렵고 기괴합니다. 그러던 중 대단한 상대와 갑자기 싸워야 할 상황을 맞게 되는데, '나는 아직 준비가 되지 않았다'라고 얘기를 합니다. 스승이 그 말에 이렇게 대답을 하죠. '아무도 준비된 사람은 없다. 우리는 우리의 시간을 고를 수 없다'라고 말이죠. 무협 영화에서 모험을 하는 주인공들은 대부분 준비되지 않은 채로 강호에 나와서 풍파를 거치면서 성장합니다. 외과 전공의, 전임의 과정을 합쳐 6년을 보냈어도 자신 있게 집도할 수 있는 수술의 종류는 손에 꼽을 정도입니다. 그래서 늘 준비된 사람들이 성공을 하는 것이죠. 멀지 않은 미래에 집도를 하게 됐을 때 당황하지 않고 싸울 수 있는 준비가 차곡차곡 되어 있길 바랍니다.

외과 의사의 첫째 덕목은 행동입니다. 〈과학과 자비(Science and Charity)〉라는 그림이 있습니다. 피카

소가 16세에 그린 그림이라고 합니다. 아직은 선생님께 배운 대로 그림을 그릴 때라서 미술에 조예가 깊지 않은 저 같은 사람도 이해할 수 있는 그림을 그리던 시절의 작품입니다. 아픈 환자가 수척한 모습으로 침대에 누워 있고, 좌우에 남자와 여자가 보입니다. 여기서 자비가 어디 있을까요? 환자의 왼쪽에 있는 수녀님이 환자 옆에서 아이를 팔에 안고 따뜻한 차를 내주는 장면이 자비죠. 그렇다면 과학은 어디있습니까? 과학은 침대라구요? 침대가 과학이긴 하죠. 환자의 오른쪽에 앉아 당시에는 첨단 과학기술이던 손목 시계로 환자의 맥을 짚는 의사가 과학을 행하는 것으로 보입니다. 근대적인 병원이 드물던 그때에는 의사가 환자의 집에 방문하여 환자 옆에서 밤새 지켜 주는 것이 의사의 일이었죠. 중환자를 계속 잘 보라는 뜻으로 쓰이는 '집중 관찰(close observation)'이라는 말의 본 뜻도 이런 장면이었을 것으로 생각됩니다. 그러나 지금은 아니죠. 외과 의사들은 이런 무기력하고 속수무책인 상황을 그냥 넘기지 못합니다. 조안 베아즈라는 미국의 포크 가수는 "행동은 절망을 없애는 해독제다"라는 말을 했습니다. 행동으로 무도를 행하는 외과 의사가 가슴 깊이 새겨야 하는 이야기죠.

요즘은 현대 의학의 꽃 '수술'이 의학에서 절망을 없애는 일을 하고 있습니다. 이명세 감독의 영화 〈인정사정 볼 것 없다〉에서는 형사를 주인공으로 다룹니다. 거친 형사로 나오는 배우 박중훈이 술을 한잔하면서 이렇게 말하죠. "판단은 판사가 하고, 변명을 변호사가 하고, 용서는 목사가 하고, 형사는 무조건 잡는 거야."

무조건 잡는게 형사의 일이라는 거죠. 그래서 저도 조금 응용을 해봤습니다. "진단은 병리과 의사가 하고, 변명은 영상의학과 의사가 하고, 용서는 내과 의사가 하고, 외과 의사는 무조건 째는 거야." 외과 의사가 병을 용서하면 안 되잖아요. 변명도 하면 안 되고, 외과 의사는 일단 일을 벌이는 사람입니다.

일을 벌일 때에는 무엇보다 기술이 중요한데, 외과 의사의 손이 곧 치료 도구이기 때문입니다. 가장 저렴하지만 가장 강력하고 효과 빠른 항생제이며 항암제입니다. 그렇기 때문에 외과 의사는 이 기술이 펼쳐지는 손, 이 손에 대한 자부심이 매우 강합니다. 기술의 숙련도를 나타내는 중세에 중요한 개념 하나가, 스프레차투라(sprezzatura)라고 하는 용어입니다. 숙련자는 어려운 일을 전혀 힘을 들지 않고, 아주 쉽게 하는 것처럼 보이게 한다는 것이죠. 테니스 선수 중 로저 페더러의 경기를 보면 금방 이해할 수 있습니다. 그 흔한 신음 소리 한 번 내지 않고, 백핸드도 한 손으로 우아하게 해냅니다. 무협 영화에서 고수가 하수와 싸울 때, 앉은 자세로 한 손으로만 싸우면서도 압도적인 무위를 보여 주는 장면도 같은 맥락입니다. 이런 장면을 옆에서 보게 되면 신비로움과 존경심이 마구 솟구칩니다. 기술의 속도도 중요한데, 시전의 속도가 빠르면 쉽게 행하는 것처럼 보여요. 그러고 보니 시전과 써전(surgeon)은 말이 비슷하네요. 아무튼 이 집단은 속도를 매우 숭상합니다. 오오토모 케이시 감독의 〈바람의 검심〉이라는 영화를 보면 주인공이 속도 하나로 무림을 제패하죠. 상대는 속도를 보고 자기는 상대가 안 된다는 걸 느끼죠.

맨손으로만 싸우면 비용도 훨씬 적게 들겠지만, 오늘날의 수술에서는 수많은 의료기기가 동원됩니다. '훌륭한 목수는 연장을 탓하지 않는다'라는 말이 있죠. 그럼 훌륭한 목수는 무엇을 탓할까요? 연장 대신 사람을 탓하는 게 아닐까 싶습니다. 연장은 탓해도 달라지지 않고 복종하지도 않습니다. 이 명제 때문에 저같이 평범한 사람들은 자신 있게 연장탓을 합니다. 오히려 연장을 탓하는 사람이 겸손한 사람이라는 뜻으로 해석하고 있습니다.

다시 영화 〈킬 빌〉로 돌아가 볼까요? 린치를 당한 주인공은 중환자실에서 누워 있다가 3년 만에 기적적으로 의식을 찾고 병원을 탈출한 다음 복수를 해야겠다고 다짐합니다. 미국은 의료비가 워낙 비싸니 3년간의 병원비를 내느니 탈출하는 설정이 무척 합당해 보입니다. 주인공의 첫 행선지는 일본의 오키나와였습니다. 하토리 한죠를 찾아갑니다. 겉보기에는 초밥을 만드는 사람인데, 알고 보니 일본도를 만드는 장인이었죠. 언제부터인가 칼을 만들지 않고 있는데, 여주인공의 사연을 듣더니 마음을 바꾸게 됩니다. 한

죠는 한 달 동안 칼을 만들고 우마 서먼은 염치도 없이 초밥을 먹으면서 기다립니다. 무사에게는 이렇게 자기 몸에 맞는 좋은 무기가 필요하고, 외과 의사에게도 좋은 의료기기와 수술 도구가 필요합니다.

왕가위 감독의 〈일대종사〉에는 사부가 제자에게 '칼'의 의미를 묻는 장면이 나옵니다. 제자인 마삼은 자기 실력만 믿는 교만하고 어리석은 사람입니다.

"아는가? 왜 칼에 칼집이 있는지?"
"칼의 참 뜻은 죽이는 것이 아니라 살리는 데 있기 때문입니다."
"네 칼은 너무 예리하니 칼집 속에 잘 넣어 두거라."

이 무례한 제자에게 말해 준 칼의 의미는 '너무 빨리 유명해지려고 노력하지 마라'는 뜻인데, 늘 그렇듯 제자는 스승의 뜻을 제대로 헤아리지 못하고 비뚤어지기만 합니다.

아툴 가완디(Atul Gawande)라는 외과 의사가 있습니다. 하버드에 있는 외과 의사인데요, 제가 아는 외과 의사 중 가장 글을 잘 쓰는 사람입니다. 이 사람이 몇 년 전에 〈뉴욕타임스〉에 이런 글을 기고를 합니다. "세계 최고의 운동선수, 세계 최고의 가수도 보컬 트레이너가 있는데, 왜 외과 의사는 코치가 없느냐"라는 의미심장한 이야기를 썼어요. 한번은 은퇴한 선생님을 불러서 자기 수술을 보고 조언을 해 달라고 했는데, 전공 분야도 다르고 세대도 달라서 큰 기대를 안 했다고 합니다. 그런데 그 선생님의 조언이 핵심을 꿰뚫은 것이죠. "너 혼자서는 수술을 잘한다고 생각할 지 몰라도, 조수로부터 도움을 받을 준비가 되어 있지 않다"라는 말이었습니다. 수술은 팀으로 하는 일인데, 팀을 운용하는 방법을 모른다는 것이죠. 자기 할 일만 할 줄 알지 주변과 소통하고 도움을 받는 기술은 부족하다는 것입니다. 가완디는 이 경험을 통해 외과 의사도 코칭이 필요하고, 배움에 게을리하면 안 된다는 교훈을 깨달았습니다.

야마다 요지 감독이 만든 영화 〈숨겨진 검, 오니노츠메〉의 주인공 사무라이도 굉장히 어려운 상대와 싸울 일이 있었습니다. 고민 끝에 옛 스승님을 오

랜만에 찾아갑니다. 스승과 제자는 대련을 하게 되는데, 힘없고 초라해 보이는 선생님은 고작 목검으로 혈기 왕성한 주인공을 쉽게 제압합니다.

"우선은 공격을 받기만 해라. 그러다 보면 상대는 초초해지지. 그걸 노리는 것이다. 피하는 것은 몸이지 마음이어서는 안 돼. 마음은 언제나 공격 또 공격뿐이다"라는 말을 해 줍니다. 늘 수비 축구를 하는 무리뉴 감독이 이 영화를 봤을지도 모르겠습니다. 수술을 하다 보면 작은 혈관이 터져서 피가 나는 수가 더러 있습니다. 그러면 평정심을 잃고 마구 지혈을 하게 되는데, 정확한 포인트가 아니면 문제가 더 커지게 됩니다. 그럴 때 이 영화에 나오는 사부의 대사를 떠올립니다. 일단 거즈로 눌러서 지혈을 하면서 더 이상 확전되지 않기를 소망하며 기다립니다. 어려운 상대가 있을 때는 정면 승부를 피하면서 시간도 벌고 주변을 정리합니다. 그러다 때가 되면 거즈를 치우고 결정적인 한 방을 날리죠. '몸은 피하더라도, 마음은 공격뿐'이라는 말은 응용할 부분이 참 많았습니다.

회복탄력성이라는 개념을 무사에게 적용해 보면, 어려움을 겪어도 다시 평정심을 유지하고 상대와 끝까지 싸우는 것입니다. 미국 드라마 〈왕좌의 게임〉의 주인공 존 스노우는 어느 날 상대방의 도발에 흥분한 나머지 자기 혼자 적진에 뛰어드는데, 결국 함정에 빠져 공격을 받고 쓰러지게 됩니다. 아군은 저 멀리 있어서 도와주지 못하고, 앞에서는 적의 기병대가 돌격해 오죠. 이럴 때 어떻게 해야할까요? 말과 함께 지축을 흔들며 달려오는 기병대는 땅에 서 있는 사람이 보기에는 정말 무시무시했겠죠. 저 같으면 다 포기하고 그냥 엎드려 있을 것 같습니다만, 주인공은 비틀거리면서 일어나더니 칼을 뽑아요. 그리고는 두 손으로 칼을 움켜쥡니다. 상대가 되지 않는 승부라도 끝까지 싸워 보겠다는 거죠. 부서질지언정 포기하지 않는 불굴의 의지를 가장 잘 보여 주는 명장면입니다. 제갈공명이 이런 말을 했다고 합니다. 심외무도(心外無刀), 세상에서 가장 훌륭한 무기는 마음이다. 마음이 가장 날카로워야 칼의 무딤을 이겨 낼 수 있다는 뜻이죠.

협객(挾客)은 의로운 것을 추구하는 사람입니다. '협(挾)'에 담긴 의미는 어려운 처지에 처한 사람을 양쪽 겨드랑이에 끼고, 재능을 펼친다는 뜻이라고 합니다. 삼국지에 나오는 유비가 대표적인 협객입니다. 조조군에게 쫓기는 와중에도 백성들을 앞세우고 피난길을 꾸리는 사람이었습니다. 한 시대를 풍미했던 외과 의사이자 'Great Surgeon'이었던 장기려 박사님이 이런 말을 했죠.

"의사는 진실과 동정을 가지고 환자를 대하면 죽을 때까지 남에게 필요한 존재로 일할 수 있다."

그래서 결론인데요. 'Great Surgeon'을 우리말로 번역하면 '대협객'입니다. 외과 의사가 하는 일은 살을 자르고 피를 흐르는 흉한 광경인데, 이런 아름답지 않은 일을 기꺼이 아름다움으로 승화시키는 일이 저희가 하는 일입니다. 대협격의 정신으로 말이죠.

12. 망진

장상군은 품 안에서 약을 꺼내 진월인에게 주면서 말했다.

"이 약을 땅에 떨어지지 않는 물에 타서 마신 뒤 30일이 지나면 반드시 사물을 꿰뚫어 볼 수 있을 것이오."

_사마천,《사기열전》(민음사)

화타와 더불어 전설적인 중국의 명의로 꼽히는 편작은 '망진(望診)'이라는 특출난 기예가 있었다. 젊은 시절 그의 이름은 진월인으로 어느 작은 여관의 종업원이었다. 그는 평소 매우 성실했는데, 그의 됨됨이를 높게 산 10년이 넘은 단골 노인이 그를 눈여겨보았다. 그 노인은 의사였다. 노인이 그를 제자로 삼기로 한 날, 평생의 비방이 담긴 책 한 권을 건넸다. 한 사람을 10년간 지켜본 선생도 지독하지만, 꾸준히 성실함을 지켜 온 젊은이의 노력도 참 대단했다는 이야기다.

신비한 서적과 함께 노인이 가르쳐 준 또 한 가지 비법이 있었다. 그가 건네는 신비의 영약을 땅에 떨어지지 않은 빗물이나 이슬과 함께 먹는 얼토당토않은 짓이었다. 의지의 젊은이는 그 당시에 이미 동쪽 나라의 〈단군 신화〉를 탐독했는지, 어렵지 않게 이 통과 의례를 수료했다. 그러자 편작에게는 어느덧 담장을 투시하여 그 너머에 있는 사람을 볼 수 있는 능력까지 생겼다. 그 경지가 환자를 가만히 보는 것만으로도 뱃속의 모든 장기를 꿰뚫어 보는 수준에 이르렀고, 환자를 손으로 직접 만져 보거나 진맥할 필요조차 없었다. 예나 지금이나 의사 손이 닿아야 '진찰을 받았다'는 소리를 들을 수 있으므로 편작은 그저 형식적으로 신체 검진을 하였다.

즉, 편작에게는 현대의학에서도 기본적으로 중시하는 신체 검진이 이미 요식행위에 불과한 일이었다. 겨우 흐릿한 그림자나 볼 수 있는 CT나 MRI 같은 고가의 첨단 검사도 그의 망진 앞에서는 시간 낭비였을 것이다. 편작에게 '죽은 자를 살려 냈다'는 신화를 만들어 준 증례 보고를 읽어 보면, 어떤 나라의 왕자가 별안간 죽게 되어 입관 채비를 하던 차에 우연히 그가 방문한 일이 기록되어 있다. 편작은 죽은 왕자의 증상과 병력을 듣더니 시궐(尸厥)이라는 진단을 붙였다. '시궐'이라는 단어가 생소하여 사전을 찾아보니 '정신이 아찔하여 급작스레 까무러치는 병'이라고 쓰여 있다. 현대의학의 관점으로 이해하자면, 왕자의 병은 실신(syncope)으로 유추할 수 있는데, 근거는 실신의 영어 발음(신코프)과 시궐의 사이의 까무러칠 정도로 유사한 발음에서 내 마음대로 추정했다. 어쨌거나 왕자는 정신을 차리고 다시 살아났고 편작은 명의로 인정받았다는 이야기다.

입원한 환자를 둘러보는 '회진(回診)'이라는 말은, 근대의학의 모태였던 미국의 존스홉킨스 병원에서 비롯된 말이라고 한다. 이 병원의 초창기 건물은 건물 중앙의 가운데가 뚫려 있는 방사형 원형 구조였다. 환자들을 다 살펴보려면 한 층의 복도를 둥글게 한 바퀴 돌아야 하기 때문에 자연스럽게 '라운딩(rounding)'을 했던 것이다. 회진은 드라마에서 보듯이 의사의 흰 가운의 수가 많고 그 행렬이 길수록 권위 있고 멋진 의례인데, 의사의 급이 올라갈수록 동행하는 의사의 수도 비례해서 증가한다.

학생 시절 목도한 외과 과장님의 월요일 병동 회진은 병동 복도에 50여개의 흰 가운으로 가득 찬

진풍경이었다. 흰 가운의 물결이 방역차가 뿜어내는
연기와 흡사했는데, 실습 학생들은 어릴 때 방역차를
따라다니는 어린이가 된 것처럼 회진을 따라 다녔다.
물론 앞 사람의 목소리도 들리지 않는 그 비효율적인
의식은 지금은 사라졌다. 인턴 시절, 회진 때 내 역할
은 병실 문을 열어 교수님을 담당 환자의 코앞까지
안내하고, 고명하신 분들의 짧은 메시지가 잘 전달
될 수 있도록 병실 안 텔레비전을 끄는 일이었다. 전
공의 시절에 회진을 모셨던 모 교수님께서는 병실 안
에 누워 있는 환자를 복도에서 지긋이 바라보는 것만
으로도 명의라는 소리를 들었는데, 지금 생각해 보면
혹시 그 분도 젊은 날에 빗물(혹은 알콜성 이슬?)을 많이
드셔서 이미 망진의 도를 깨우쳤을 지도 모르겠다는
생각을 해 본다.

　　일반적으로 병원에서는 한 지정의의 담당 환자
들이 몇 개의 병동에 분산되어 입원하고 있다. 이 분
산의 범위는 오는 환자를 마다할 수 없어 세부 진료
의 범위가 광활한 젊은 교수일수록 더 넓은 편이다.

내가 속한 병원은 건물이 두 동이어서 회진을 할 때 이동거리가 꽤 긴 편이다. 이 시간이 내가 하는 신체 활동의 거의 전부인지라 고맙게 받아들이려고 노력하지만, 항상 잘 되지는 않는다.

회진의 시작은 환자의 일차적인 문제를 수시로 파악하고 있는 '주치의'라고 불리는 담당 전공의를 어렵사리 만나는 일에서부터 시작된다. 바쁜 전공의 선생을 만나지 못하면 환자 명부가 담긴 종이를 펼쳐 들고 우편 배달부처럼 쓸쓸하게 혼자 회진을 돌 수도 있지만, 환자들 보기가 민망하여 꼭 전공의를 기다린다. 하루 종일 기다려 지정의를 만나는 회진이라는 의식에 등장인물이 1명 밖에 없는 모노드라마라면 내 담당 환자들은 옆 환자들 보기가 얼마나 민망하겠는가.

옛날 전공의들이 환자의 문제를 자기주도적으로 발견하여 문제를 매끄럽게 해결하고 지정의에게 중요 사항을 보고했다면, 요즘의 문화는 지정의가 문제를 발견하여 해결책을 친절하게 알려 줘야 한다. 전공의의 능력이 과거보다 떨어졌다기보다는 고도로 전문 분야가 나뉜 시대에 더하여 자율성의 가치는 환영받지 못하는 세태의 폐해로 보는 것이 타당하다. 극단적으로 말하자면 지정의가 예민하지 못하면 문제도 발견하지 못하고 환자를 방치할 수도 있다는 말이다. 명의의 망진(望診)이 아니라 자칫하면 망하는 진료, 망진(亡診)이 되기 쉽다.

다행히 한가지 완충장치가 있는데, 이는 바로 '전임의'라 불리는 사람들이다. 이제는 옛날 말이 되어 버린 '특진비'도 결국 명의에게 진료를 받는 프리미엄이라기보다는 명의를 보좌하는 전임의들에게 받는 암행 특별진료비였다고 생각한다. 그분들은 전공의가 못 보는 지점과 고명하신 교수님들이 일일이 못 챙기는 부분을 적절히 메워 내는 질 높은 헌신을 하고 있기 때문이다.

명의가 아닌 나같이 평범한 사람은 보통 진료를 해야 하는데, 그 진료의 수준은 담당 전공의를 잘 만나는 일에서부터 출발한다. 다행히 똑똑한 전공의를 만나더라도 환자의 상태가 좋지 않다면 즐거운 마음으로 회진을 돌기가 힘들다. 인간은 기본적으로 근심하면서 사는 존재이다. 그런데 의사라는 직업은 본인의 근심에 더해 남의 근심까지도 밤낮없이 떠안고 살아야 하는 존재라는 점에서 근본적으로 불행하다.

미국의 소설가 커트 보니것은 1964년에 펴낸 그의 소설《신의 축복이 있기를, 로즈워터 씨》에서 "환자를 치료할 때 느끼는 가장 큰 즐거움은 아무것도 모르는 사람을 공포에 빠뜨린 다음 다시 안전하게 구출하는 겁니다"라고 썼다. 의사의 불행에 대해 아무것도 몰랐던 그의 말이 맞는다면 '환자를 치료할 때 느끼는 가장 큰 우울함은 인터넷으로 질병 정보를 다 안다고 생각하는 사람을 희망으로 들뜨게 한 후에 안전하게 구출하지 못하는 겁니다'라고 바꿔도 맞을 것이다. 모든 환자가 안전하게 구출되길 바라며 망진의 도를 깨치지 못한 나는 창밖으로 내리는 장맛비를 받아 놓아 볼까 한다.

13. 수술, 그 우아함의 예술

"우아함은 그 자체로 야단법석을 떨지 않으면서 분위기를 미묘하게 따스하게 만들어 준다. 본질적으로 우아함은 침착하고 편안한 사람으로부터 주변 사람들에게로 행복이 전이되는 것이다. 우아한 사람은 우리의 이상적 자아이자 세상에서 편안하게 존재하고 싶은 우리의 꿈을 구현한 인물이다."

_사라 카우프먼,《우아함의 기술》(뮤진트리)

영국의 천재 문필가 버틀런드 러셀(Bertrand Russell)은 사람의 일에는 두 가지 종류가 있다고 말했다. 한 가지는 지표면 혹은 지표면 가까이 놓인 물질을 다른 물질과 자리를 바꿔 놓는 일이고, 또 한 가지는 타인에게 그런 일을 하도록 시키는 일이다. 후자에 해당하는 일은 즐겁고 보수도 높다고 했는데, 불행하게도 외과 의사가 하는 일은 전자에 해당한다. 흔히 외과 의사는 단순하고, 괴팍하고, 성격이 급하고, 욕심이 많고, 비타협적인 사람이라는 편견이 있다. 또한 성취 지향적이고, 자만심에 차 있고, 소리를 잘 지르고, 투쟁적이며, 변덕스러운 성격으로 묘사되기도 한다. 물론 나는 동의하지 않는다.

지표면의 물질을 다른 물질과 바꿔 놓는 일을 하는 사람 중에는 흔히 '예술가'로 불리는 사람들이 있다. 예술가 중에도 위에서 언급한 외과 의사의 특성을 고루 갖추고 있는 사람들이 많이 있다. '예술의 신'으로 불리는 대장장이 헤파이스토스(Hephaistos)조차도 결점이 많은 존재였다. '창조'라고 불리는 예술가의 행위는 단순히 물질끼리 자리를 바꾸는 일을 '쓸데없게도 아름답게 꾸며 내는 일'이다. 보통의 색, 선, 물질, 소리는 그들의 손을 통해 새롭게 이어지고 나서야 아름다운 형태가 된다.

오케스트라를 살펴보면 바이올린 장인은 평범한 나무를 이어 붙여 악기를 만들고, 연주자는 활로 음과 음을 연결하며, 지휘자는 여러 악기의 소리를 조화롭게 잇는다. 그래서 예술의 본질은 '아름다운 연결'이 아닐까 싶다. 예술은 미처 의미가 명명되지 않은 색, 선, 물질, 소리를 새롭게 이어 붙여서 아름다움을 피워 내기 때문이다.

사람들에게 찬탄을 받는 이 연금술사들의 놀라운 재능은 아쉽게도 한시적이어서 실제로 예술을 대면할 때에는 마주치는 손바닥이 아프도록 몇 번이고 아낌없는 박수를 보낸다. 박수갈채를 보낼 사람이 없는 채로 남겨진 예술품을 마주할 때는 숙연하게 감동을 받으면 된다. 가령, 케테 콜비츠(Käthe Kollwitz)의 작품들은 사람들의 상처받은 마음까지 이어 붙이는 예술 너머의 어떤 경지이다.

헤겔은 그의 예술 철학에서 예술 작품에는 세 가지 조건이 있다고 했다. 예술 작품은 자연의 소산이 아니라 인간의 행위로 생겨나고, 본질적으로 인간을 위해 만들어지며, 그 자체로 목적을 지닌다는 것이다. 이 조건에 '예술 작품' 대신 '수술'이라는 말을 넣어도 충분히 말이 된다. 외과 의사와 음악가의 공통적인 특성을 떠올려 보자. 치유하는 능력, 재능과 기술, 헌신, 집중력, 패턴에 대한 숙달, 즉흥 연주, 하모니와 팀워크, 새로운 트렌드와 진보의 추구 등의 가치를 공유하고 있다. 인간이 인간에게 행하는 수술은 살아 있는 사람의 장기 위에 아름다운 선을 연속적으로 그리고, 결함이 생긴 곳에는 '아름다운 연결'을 한다. 그래서 수술은 보통의 예술 수준을 넘어 숭

고함까지 지닌 예술이고, 외과 의사는 행위 예술가라고도 불릴 만하다.

산드로 보티첼리(Sandro Botticelli)가 그린 〈봄(La Primavera)〉에는 아프로디테 여신 옆으로 우아함의 세 여신 카리테스(Charites)가 그려져 있다. 카리테스의 단수형이 카리스(charis)인데, 이 말에서 grace라는 영어 단어가 나왔고, 사람을 매료시키고 권위를 가지는 카리스마(charisma)의 어원이기도 하다. 호메로스의 《일리아스(Ilias)》에는 트로이 전쟁의 영웅 아킬레우스의 방패가 주문 제작되는 장면이 있다. 아킬레우스의 어머니, 즉 테티스가 아들을 전쟁터에서 지켜 줄 무결점의 방패를 만들어 주기 위해서 최고의 대장장이이자 예술의 신 헤파이스토스의 누추한 거처로 찾아간다. 이때 헤파이스토스의 부인이 잠깐 등장한다. 그녀가 바로 카리스였다. 호메로스는 괴팍하고 결함이 많은 헤파이스토스에게 우아함의 여신 카리스가 잘 어울린다고 생각했던 것 같다. 예술가는 우아함을 갖출 때 비로서 그 빛을 제대로 발할 수 있는 것이다.

임경선 작가는 우아함을 이야기할 때, 몸의 움

직임이 우선한다고 했다. 그의 말처럼, 표정, 자세에서 나오는 우아함은 외모보다 더 중요한 덕목이다. 움직임이 아름다운 사람들은 말도 우아하고, 남을 다 그치지도 과장되게 치켜세우지도 않는다. 호주 출신의 영화배우 케이트 블란쳇은 우리 시대에 살고 있는 우아함의 현현이다. 영화 <반지의 제왕>의 여신, <캐롤>의 귀부인을 떠올리면 쉽게 이해가 된다. 영화 속 그녀의 우아함이 비싼 모피코트 덕분이라는 사람들에게는 2018년 칸 영화제 심사위원장으로 활동했던 케이트 블란쳇의 모습을 찾아보기를 권한다.

산드로 보티첼리, <봄>, 1477~1482, 목판에 템페라, 203x314cm, 우피치미술관

　　재수생 시절 J학원을 다닐 때, 바로 뒷자리에 앉던 외고 출신의 여학생이 있었다. 물론 케이트 블란쳇처럼 우아함을 갖춘 여자였다. 일반고 출신인 나를 과학고 출신으로 잘못 알고 있었는지 가끔 어려운 수학 문제를 물어보곤 했다. 이 상황에서 머리를 맞대고 같이 고민하는 방식은 하수이다. 시큰둥하게 문제를 건네받고 몰래 열심히 풀어야 한다. 그 문제를 풀었다고 바로 알려 주는 방식 역시 경박하다. 그냥 기다린다. 다음 날, 그 문제를 풀어봤냐고 말을 걸어올 때 풀이를 알 것 같다고 설명해 주는 것도 하수이다. 나는 부탁을 깜빡 잊고 있었다면서 미안한데 지금 같이 풀어 보자고 말하면서 눈 깜짝할 사이에 일필휘지로 풀어 줬다. 물론 여러 번 예행 연습을 거친 풀이였다. 그녀의 감탄하는 눈빛을 뒤로한 채, 아무렇지도 않은 일이라는 듯 시크한 표정으로 쿨하게 돌아섰다. 이런 방식으로 나는 그녀로부터 신비감과 호감을 얻었던 것 같고, 그 덕에 세상 어려운 수학 문제를 밤낮으로 많이 풀었던 것 같다.

　　하는 일이 어렵고 잘되지 않는다고, 화를 내고

비난을 하는 사람은 그저그런 존재다. 물론 동료로부터 좋은 평가를 얻기도 어렵다. 어려운 일을 쉽고 우아하게 해낼 때 권위는 배가 되고 신비함은 그 끝을 모르고 깊어진다.

14. 하늘은 수술을 돕는 자를 돕는다

"인간의 깊이란 의식적인 말이건 무의식적인 말이건 결국 말의 깊이인데, 한 인간이 가장 자유롭게 사용할 수 있으면서도, 그 존재의 가장 내밀한 자리와 연결된 말에서만 그 깊이를 기대할 수 있다고 보기 때문이다."

_황현산, 《황현산의 사소한 부탁》(난다)

화려한 용을 그리는 것보다 별다른 특색 없는 소를 그리는 것이 훨씬 어려운 일이라고 했다. 용을 그리는 일은 실제로 아무도 본 적이 없는 대상을 나름의 상상력으로 화려하게 표현하면 잘 그린 그림이 되지만, 세상 사람들이 다 아는 소를 그리는 일은 평범한 작업에서 비범함을 드러내야 하기 때문에 더 어렵다는 말이다. 내가 업으로 삼고 있는 '소소한' 수술들도 소를 그리는 일에 가까워서 나름대로는 무척 고생스럽다고 조용히 고백한다.

〈그레이 아나토미〉나 〈외과 의사 봉달희〉 등 외과를 배경으로 삼은 드라마를 보면 다음과 같은 장면이 흔히 나온다. 전공의들이 다 모인 아침 회진 때, 어느 잘생기고 젊고 인기도 많고 수술까지 잘하는 교수가 등장한다. 오늘 예정된 수술이 드문 케이스여서 들어오고 싶은 레지던트를 자원받겠다고 한다. 그러면 전공의들이 서로 그 수술에 들어가기 위해 암투를 벌이고, 눈치 작전을 펼치며, 세대 및 계층 간 전방위적으로 갈등을 겪는다. 그리고 그 끝에 미모의 주연급 전공의가 은총을 받으며 수술에 참여하게 되고 동료들은 무척 부러워한다. 하지만 내가 겪어 본 현실에서는 이런 바람직한 현상을 경험해 볼 기회는 단언컨대 전혀 없었다. 물론 외모도 수술 실력도 겸손한 내 탓이라고 생각하지만 드라마에 '환상적인' 의학 자문을 한 사람은 반성을 좀 했으면 좋겠다. 한국의 전공의들, 특히 외과 전공의들은 수술 욕심이 없어도 그 존재만으로 이미 고맙고도 훌륭한 사람들이다.

수술을 하다 보면 간혹 나도 모르게 신경질을 내고 큰 소리를 낼 때가 있다. 대개 환자 상태가 좋지 않아 수술을 빨리 끝내야 하는 마음이 급한 상황이나 수술이 계획대로 잘 풀리지 않을 때 그런 일이 나타난다. 문제가 내 안에 있어도 '화'라는 것은 항상 대상을 찾게 마련인데, 주로 술기가 미숙한 전공의들이 일차 분풀이 대상이 되곤 한다.

그렇게 폭언으로 얼룩진 힘들었던 수술이 끝나고 나면 제일 큰 문제는 나한테 있었는데, 왜 남만 탓했는지 하고 후회를 한다. 문제 상황을 원활하게 대응할 수 있는 경험의 부족함, 바닥이 드러나는 자기 실력에 대한 자괴감, 그 상황에서 가려지지 못하는 수치심 때문이다. 하지만 이 서툰 사람의 마음속에는 다른 전공의들과의 힘겨운 네거티브 암투를 거쳐, 수술 절차에 대한 무학의 통찰 상태로 들어온 전공의와 수술팀에게 내 기분 내키는 대로 해도 별 탈 없을 것이라는 안이한 인식이 도사리고 있다. 또 하나의 문제는 사람에 대해서 내가 자세한 사항을 구질구질하게 직접 말하지 않아도 알아서 해 주겠지라는 기대를 좀처럼 못 버린다는 것이다. 마치 식당에서 단골손님 대접을 바라는 것처럼.

수술방에서 집도의는 바다 한가운데 떠 있는 배의 선장과 같은 존재다. 파도가 치고 배가 흔들린다고 해서 선장이 우왕좌왕하고 감정을 드러내면서 신뢰를 주지 못하면 선원들의 마음은 어떨까? 수술이 어려운 상황일수록 냉정을 되찾고 평소보다 더 천

천히 나아가라고 조언하시던 스승님 말씀을 떠올려
본다. 그래서 몇 달을 궁리한 끝에 수술방에서 사람
을 부를 때, 그 사람을 똑바로 보고 이름과 직책에 대
한 존댓말을 하고 인간의 자발성과 학습능력에 대한
아무 기대 없이 정확한 요구를 적절한 시간에 전달하
자는 생각을 하고 있다. 가령, 하루 종일 같은 수술을
반복해서 하고 있는데 지속적으로 도움이 안 되고 있
는 선생님께는 다음과 같이 말하는 것이다.

"아무개 선생님, 앞에 있었던 수술에서도 감
사하게도 똑같이 해 주셨는데요, 이 기구 좀 오른쪽
45도 방향으로 당겨 주세요."

그렇지 않아도 나는 손보다 말이 빠르다는데,
수술장이 유세장이 될지도 모르겠다. 그런데 수술방
간호사들의 이름은 또 어떻게 불러야 하지? 생각해
보니 지난 몇 년간 이름을 정확히 알고 있는 수술장
간호사는 놀랍게도 몇 명이 안 되는 것 같다. 물론 간
호사는 내가 이름을 알던 모르던 내 이름을 매번 정
확히 불러 준다. 그래서 쉬는 시간에는 수술장 입구
에 크게 붙어 있는 개인별 얼굴 사진을 이름과 함께

인턴 선생,

저기 수술 성공이 보이지 않는가!!

멍하게 바라보면서 그 사람을 떠올려 보기도 하지만, 마스크를 쓰고 벗고의 차이가 커서 정확히 연결되지는 않는다.

내가 경험한 수술장 최고의 매너남은 산부인과의 J선생님이었다. 이 놀랍도록 비현실적인 선생님은 앞에서 열거한 이런 기본적인 것들을 아주 정확하게 지키고, 심지어 수술이 끝나면 마취과, 수술팀, 간호사들에게 삼면으로 정중한 배꼽 인사를 하고 나가셨다. 기억력이 비상한 분인지 10년 전에 한 번 지나쳐 간 인턴의 이름까지 기억하고 정중하게 말을 걸기도 했다. 이런 사람과 같은 공간에서 일하는 사람들의 자부심과 긍지는 대단할 것이다.

수술방에서 집도의는 바다 한가운데 떠 있는 배의 선장과 같은 존재다. 파도가 치고 배가 흔들린다고 해서 선장이 우왕좌왕하고 감정을 드러내면서 신뢰를 주지 못하면 선원들의 마음은 어떨까?

15. 외래 진료를 잘 받는 법

"현재 무슨 약을 복용하고 있느냐는 의사의 질문에 약 이름과 정확한 용량, 그리고 언제 복용하는지 등을 말할 수 있어야 한다. 그런 환자를 보면 의사는 저 환자가 매우 명석하다 혹은 소홀히 다루었다간 의료 소송에 휘말릴 수도 있겠구나 하고 생각할 것이다. 어떻게 생각하든 환자에게는 유리하며, 의사는 매우 조심스럽게 환자를 대하게 된다."

_버나드 라운,《잃어버린 치유의 본질에 대하여》(책과함께)

병원을 이용하는 방법은 크게 세 가지이다. 지정한 의사와 예약된 진료를 하고 당일에 집에 가는 방법, 짐을 싸서 병원에 입원하는 방법, 누구에게나 끔찍한 응급실을 찾는 방법이다. 첫 번째 이용법을 병원 밖에서 오는 환자가 진료받는다는 뜻으로 '외래진료(outpatient clinic)'라고 하는데, 줄여서 '외래'라고 부른다. 흔히 3시간 기다려서 3분 진료를 받고 욕하며 간다는 그 곳이다.

진료 시간을 구성할 때 한나절을 한 세션이라고 말하는데, 대개 오전 진료는 오전 9시에서 낮 12시까지이고 오후 진료는 오후 1시에서부터 오후 5시 정도까지이다. 중간에 1시간이 비는 것은 의료진도 밥을 먹고 일하자는 뜻이다. 하지만 과포화된 오전 진료가 대개 오후 1시를 넘어서 끝나므로, 밥은커녕 진료가 지연된 환자로부터 욕을 먹다가 끝난다.

요즘 환자와 보호자는 어느 정도 사전 조사를 하고 외래에 온다. 인터넷에서 평판을 찾아보고 주변에 물어보기도 하며 심지어는 의사의 얼굴까지도 미리 알고 온다. 작년까지만 해도 어떤 환자는 나의 동안에 깜짝 놀라면서 젊은 의사는 못 믿겠다는 말을 하는 경우도 있었다. J선생님은 이런 환자에게 교장 선생님과 젊은 선생님 중 누가 더 수학을 잘 가르치겠느냐는 수학적인 질문으로 그 어색한 시간을 무마했다고 한다. 보통은 나이가 더 들어 보이는 것이 경험이 풍부해 보이므로 일부러 새치 염색도 안 하는 걱정 많은 의사도 있다.

그래도 현실과 타협하지 않고 멋쟁이 젊은 수학 선생님을 자처하는 내가, 환자 입장에서 외래 진료를 잘 받는 법을 몇 가지 알려 드리자면 다음과 같다. 병원에 지인이 없어도 존중받을 수 있는 꿀팁이므로 잘 익혀 두면 혹시 도움이 될지도 모르겠다. 완전히 개인적인 견해이므로 병원에서 이미 존중받고 계시는 분은 하던 대로 하셔도 좋다.

첫째, 단정한 옷을 입는다. 결혼식이나 종교 행사에 참석할 때 사람들은 대개 깔끔하고 단정한 옷을 골라 입는다. 믿는 분에게 더 잘 보이고 싶기 때문이다. 병원에 올 때도 이런 자세가 필요하다. 넥타이까지는 무리지만, 단정한 복장을 입은 환자들은 늘 존중받는다. 환자 본인이 차려 입을 여유가 없다면 보호자라도 잘 차려 입히는 것도 대안이다. 그런 분들에게는 더 예의를 갖추어야 할 것 같아서 내 옷깃과 자세도 바로 하게 된다. 하지만 긴 부츠나 밍크코트 등 사치스러운 복장은 가급적 피하는 것이 좋다. 옷은 내 몸을 보호하는 기능이 가장 크지만 타인에 대한 배려와 예의가 들어 있기도 하다. 나를 존중하는 사람이 타인으로부터 존중받을 수 있다.

둘째, 문제를 잘 정리된 언어로 한 번만 얘기한다. '인터넷을 찾아봤더니', '주변 사람이 그러는데…' 같은 말은 안 하는 것이 좋다. 의사들은 전문가

135

가 아닌 일반인 사이에서 떠도는 의료적인 풍문과 지식에 대한 신뢰가 아주 낮다. 현재의 정확한 문제와 그 문제의 시작을 간결하고 논리적인 언어로 표현하면 환영받는다. '법률적으로 조각되지 않는 말은 법정에서 무가치하거나 무의미한 말이다'라는 법조계 금언은 병원에서도 똑같이 통한다. 병원에서 의학적으로 조각되지 않은 말은 무가치하거나 무의미한 말이 되기 쉽다. 특히 질병과 관련 없는 지금까지 살아온 인생 얘기는 가급적 피하는 것이 좋다. 제한된 시간 안에서 유효한 정보를 의사에게 전달해야 그에 맞는 진단과 치료를 받을 수 있다. 미래의 병원에서는 진료를 보기 전에 의사와 미리 대화해 보는 인공지능 예진 로봇이 설치되어 있는 풍경을 상상해 본다.

셋째, 거쳐 온 병원을 비난하는 것을 삼가한다. 본인의 억울하고 답답한 마음을 표현하는 것이 시원하겠지만, 의사들은 병원을 여러 군데 들리는 환자의 행태를 '닥터 쇼핑', '병원 쇼핑'이라는 용어로 규정하여 좋지 않게 평가한다. 이런 환자에게는 선입견이 생긴다. 담당 의사에게는 '다른 유명한 의사가 못

고치는 병을 내가 무슨 수로 고치나' 하는 자괴감을 안겨 줄 수 있다. 수술을 몇 번 했던 환자라면, '내가 수술했을 때도 결과가 마찬가지로 좋지 못하면 다른 병원에 가서 내 욕을 하겠구나'라는 생각을 할 수도 있다. 그러니까 할 말이 많더라도 내 앞에 있는 담당 의사만 믿겠다고만 얘기하자.

넷째, 마지막으로 보청기가 있는 분들은 꼭 챙겨 오시기 바란다. 고성보다는 품위 있는 대화가 소통에는 더 도움이 될 터이니 말이다.

16. 따뜻함과 실력 사이

"흔히들 의사를 나누는 잘못된 이분법은, 수술은 잘하지만 환자에게 싸가지 없는 의사와 실력은 좀 떨어지지만 가슴이 따뜻한 의사입니다. 결론부터 말씀드리면 환자의 마음을 이해하려고 노력하고 아픔을 공유하려 애쓰는 의사가 수술을 못하거나 전문 지식이 떨어질 가능성은 거의 없다는 것입니다."

_황승택,《저는, 암병동 특파원입니다》(민음사)

과 사무실 한구석에 '칭찬 카드'가 수북이 쌓여 있었다. 병원에서 받아서 보내 준 카드인 듯하다. 수술받은 환자와 보호자 들이 남기고 간 짧은 엽서인데, 내용이 참 따뜻하다. 아픈 몸을 따스한 손길로 잘 치료해 주고 아픈 마음을 잘 위로해 주는 사람들, 그리고 그것으로 감동받았다는 사연들로 빽빽하다. 내 이름도 하나쯤은 나올 거라고 내심 기대했지만 역시나 없다. 몇 년 전에 탈장 수술을 받은 어떤 할아버지가 카드 한 장을 남긴 적이 있는데, 한자를 너무 많이 써서 칭찬인지 민원인지 헷갈리고 해독도 할 수 없었던 경험이 있긴 하다. 카드를 넘기다 보니 칭찬받을 만한 사람은 계속 칭찬받고 있었다. 카드 하나 못

받는 내 품행에는 확실히 문제가 있는 것 같다는 생각이 들다가도 내 칭찬은 특별히 인터넷으로만 오는 게 아닐까 위로해 보기도 한다.

《저는, 암병동 특파원입니다》는 30대 후반의 남성 기자가 백혈병에 걸려 암병동에서 치료를 받으면서 쓴 투병기다. 입원, 퇴원, 재발, 이식 수술 등의 지난한 과정을 페이스북을 통해 연재했다고 한다. 작가가 기자라서 그런지 우리나라 의료시스템의 한가운데를 관통해 가는 여정의 눈길이 예리하다. '따뜻한 의사와 실력 좋은 의사로 양분하는 이분법은 틀렸다'는 부분에서 여러 생각을 하게 되었다. 작가의 논지는 '따뜻한 의사가 결국 실력 좋은 의사다'라는 말인데, 고개를 끄덕이다가 나는 그 두 개의 축 중 어떤 것에도 가깝지 못한 것이 아닐까 하는 끔찍한 생각이 들었다.

이분법이 틀렸다면 사분법은 어떨까? 그림처럼 x축에 '따뜻함', y축에 '실력'이라는 변수를 놓아 보자. 작가가 말하는 최고의 의사가 둘을 다 갖춘 A그룹이라는 점에 대해서는 모두 이견이 없을 것이다.

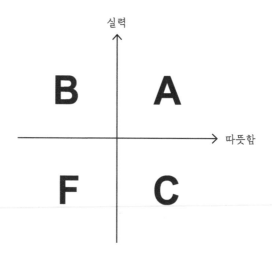

두 가지가 모두 없는 의사가 F그룹이라는 데도 동의하기 쉽다. 실력이 있지만, 따뜻함은 부족한 의사를 B그룹, 그 반대를 C그룹이라고 했을 때 해묵은 논쟁이 시작된다. 의사들은 대개는 B그룹이 C그룹보다 낫다고 생각하는데, 환자들은 그 반대를 선호하는 것 같다. C그룹의 의사를 A그룹으로 착각하기도 하고, B그룹의 의사를 F그룹으로 생각해 경멸하기도 한다. 물론 A급 의사들이 보기에는 둘이 무슨 차이가 있겠나.

근본적인 문제는 '인성'이라는 것이 가르치기도 학습하기도 어렵다는 점이다. 소크라테스 같은 성현도 골머리를 앓았을 정도로 골치 아픈 문제다. 군대에서 들은 지휘관 단장님이 하신 수많은 말씀 중 한 마디가 떠오른다. '우리 아들 군대에서 사람 좀 만들어 주세요'라는 말처럼 말도 안 되는 소리도 없다고. 아니 집에서 20년이나 키운 부모도 사람을 못 만들었는데, 2년짜리 군대에서 사람을 만들어 내라는 말이 도대체 말이 되느냐는 말이다. 단장님 말씀대로 군대의 본질은 전쟁을 하는 군인을 만드는 곳이다.

그럼 의대는 무엇을 하는 곳일까? 하루만 지나도 쌓여 가는 의학 지식을 배우기에도 벅찬 시간이다. 의대를 졸업하고 수련의 생활을 시작하는 20대 후반, 전문의를 시작하는 30대에도 인성이 좋아지는 기회가 있을까? 의사를 포함한 전 인류를 통틀어 인성이 좋은 사람은 또 얼마나 있을까? 요즘 젊은 의사들이 (아니 내가 벌써 요즘 젊은 것들이라는 표현을 쓰다니 슬프다) 전체 인류 중 특별히 인성에 문제가 많은 사람들은 아닐 것이다. 이분들은 성장 과정 중에 가족 외

142

에 다른 사람과 눈을 맞추고 대화를 나눈 경험이나 다른 사람에게 설득이나 설명을 해 본 적이 현저히 적다는 사실을 이해할 필요가 있다. 결과적으로 공감 능력을 키울 사회적인 성장을 할 시간이 거의 없었던 것이다. 최근 의대의 교육과정에도 세상과 사람들을 잘 이해할 수 있는 강의가 속속 도입되고 있어서 다행이다. 따뜻한 '정서적 교감'이 중요하다면, 전공의 수련 때부러라도 환자 옆에서 충분한 시간을 쏟을 수 있는 환경과 시스템을 만드는 것이 중요하다. 대부분의 따뜻함은 삶의 여유에서 생길 것이므로….

17. 보호자

"의료진은 나와 눈을 맞추길 어려워하면서도 나에게만
이야기했다. 마치 캐시가 존재하지 않는다는 태도였다.
캐시와 나는 이런 모습을 관찰하고 농담으로 삼기도 했
지만 한편으론 지치기도 했다. 병원은 신체치료를 감
정을 돌보는 일에서 분리하며, 돌보는 사람을 부가적인
사치품인 양 취급한다. 옆에 있으면 환자에겐 좋지만
치료에 필수는 아니라는 것이다. 캐시와 나는 우리가
환자와 문병객으로 갈라지지 않도록 애쓰면서 힘든 시
기를 보내야 했다."

_아서 프랭크, 《아픈 몸을 살다》(봄날의책)

외래 진료를 하는 날에는 많은 사람을 만나게
된다. 환자는 물론이고 동반하는 보호자들도 만난다.
적게는 한 명에서 많게는 고희연을 연상시킬 만큼
의 대가족이 오기도 한다. 우리나라 드라마를 시청
할 때는 초반부에 복잡한 가족 관계를 재빨리 파악해
야 한다. 그래야 주인공에 얽힌 출생의 비밀을 미리
예상해 볼 수 있다. 마찬가지로 진료 시에도 동반한
보호자가 환자와 무슨 관계인지 빨리 파악해야 다음
단계로 넘어갈 수 있다. 대략 넘겨짚다가 낭패를 보
는 일도 허다하다. "어머니이신가 보죠?"라고 했다

가 "저는 아내인데요"라는 답을 듣기도 하고, "아내 분이신가 보네요"라고 했다가 "저는 딸인데요"라는 대답이 돌아오는 당황스러운 경험도 많다. 머리가 흰 할아버지를 아빠라고 부르길래, "아버님이 많이 놀라셨겠지만..."이라고 했다가, "저는 남편입니다"라는 말도 들어봤다. 요즘은 겉으로 보이는 관계보다 한 단계 정도 낮게 불러보는 '방어 진료'를 고민하게 된다. 이에 대한 근본적인 해결은 환자 한 분만 진료실에 들어오거나 보호자가 동반한다면 예능 프로그램에 나오는 연예인 패널처럼 가슴에 관계가 표시된 카드를 붙이면 좋을 것 같다는 상상을 해 본다.

여러 보호자가 함께 설명을 들어도 그중에는 의견을 종합해서 결정하는 리더가 있다. 의료진 입장에서는 효율적인 환자 진료를 위해서 적극적으로 권장하는 직책이다. 그 사람이 이 자리에 없으면 오늘의 모임은 다 허사다. 6명이 20분간 설명을 잘 듣고는 정작 '수술 결정은 미국에 있는 아들과 상의해서 결정해야 한다'는 경우나 '회사 일로 오늘 함께 못 온 가족에게 전화로 추가 설명을 부탁한다'는 식의 답변을 들으면, 온몸에서 힘이 빠져나가 늘어진 스폰지밥처럼 책상 밑 바닥으로 미끄러져 내려가는 절망감이 차오른다.

의료법에는 환자가 자기결정권을 행사할 수 있는 상태라면, 보호자에게 반드시 설명을 해야 할 의무는 없다. 환자에게 직접 설명하고 환자가 서명을 하면 법적인 문제는 없는 것이다. 하지만 환자의 의식이 혼미하다던가 활력 징후가 안정적이지 못한 경우에 이른다면, 환자 본인이 명확한 의사결정이나 이성적인 판단을 내리지 못할 가능성이 높아 현실적인 대화 상대로 부적합해지는 아이러니가 생기고, 자기결정권은 무력화된다. 상태가 악화되거나 재수술을 해야 하는 등의 중요한 결정의 순간에는 자연스럽게 보호자가 의사 결정의 주체가 된다. 결과가 좋지 못하게 끝난다면 잠재적인 법적 분쟁의 대상이다.

수술을 하는 날 보호자들은 수술장 입구에서 이별 의식을 치른다. 이 의식은 애틋함과 회한이 겹쳐서 눈물로 마무리된다. 병원마다 조금씩 차이가 있지만 수술장은 대개 2층이나 3층에 있다. 그 이유는 정확히 모르겠으나, 11층에서 수술을 하는 것보다는 중력이 더 많이 미치는 지표면과 가까운 층에서 수술하는 것이 조금 더 자연스럽게 느껴진다. 보호자에게는 이런 낮은 층수가 1층과 지하에 있는 편의시설로의 접근성 측면에서 좋다. 큰일을 치를 환자를 수술장으로 보내고 나면 가족들은 우선 식사를 하러 가는 것 같다. 음식을 넘기면서 미안함과 죄책감이 동시에 함께하는 시간이다. 개별자로서의 인간이 때가 되면 치뤄 내야 하는 자연스런 행동일 뿐이다. 간병도 힘과 여유가 있어야 버틸 수 있으니 보호자가 든든히 먹는 것도 환자를 위해서 장려할 일이다.

수술장 옆 대기실은 공항 플랫폼과 비슷한 풍경이다. 불편한 의자가 있고 그 옆에는 잡지 몇 권이 비치되어 있으며, 벽면에는 대형 텔레비전이 걸려 있다. 또 다른 모니터에는 수술 진행 상황이 환자 이름의 가운데 글자가 가려진 채로 표시된다. 공항과 다른 점이 있다면 비행기가 지나다니는 풍경이 없고, 라운지 등의 편의시설이 없다는 것이다. 그 흔한 충전 장치도 없는데, 시설 사용료를 내지 않은 제3자에

148

게는 어떠한 편의도 제공하지 않겠다는 치사함이 느껴지기도 한다. 책임질 수 없는 말이지만 내 병원이라면 이렇게 하지 않을 것이다.

환자와 보호자에게는 수술 예상 소요시간이 알려진다. 1시간, 2시간, 3시간, 4시간. 시간이 짧다면 비교적 간단한 수술이라는 뜻이고, 시간이 길수록 어렵고 복잡한 수술이라는 의미로 받아들여지는데, 이 수술 시간이 합병증의 빈도와 비례하는 것은 아니다. 수술 시간은 짧아도 문제가 많이 생기는 수술도 흔하다.

예상 소요시간이 2시간이면 이별한 환자와 수술장 밖에서 재회하는 시간은 얼마나 걸릴까? 수술장 입구에서 준비하고 대기하는 30분, 수술방에서 마취를 하고 수술 준비를 하는데 필요한 1시간 남짓, 수술이 끝나고 회복실로 옮겨져 마취에서 깨어나면서 보내는 1시간 남짓을 더해야 한다. 2시간짜리 수술을 받는 환자가 실제로 수술장에서 보내는 시간은 5시간 정도인 셈이다. 집도의는 수술이 마무리될 즈음, 수술장 입구로 나와서 보호자에게 수술이 잘 되었다고 설명한다. 이런 세부 사정을 잘 모르는 분들은 2시간짜리 수술이 왜 5시간이나 걸렸냐며 따지기도 한다. 아주 어려운 수술이 예상보다 잘 끝났을 때에는 보호자에게 멋있게 설명하고 싶은데, 하필 이럴 때 보호자들은 대개 자리에 없다. '과도하게 긴' 수술 시간으로 비난을 받기 싫어서 예정 시간을 아주 넉넉하게 입력해 놓는 '방어 진료'의 습관 탓인지도 모르겠다.

스마트폰을 할 줄 모르는 보호자들은 이 길고 초조한 묘한 죄책감으로 얼룩진 시간에 무엇을 하고 있는지 늘 궁금하다. 대기실이라는 구렁텅이에서는 눈을 감고 여러 생각에 잠기거나 '수술 중'이라는 단어를 어떤 구원의 표식처럼 뚫어지게 오래 보고 있는 수밖에 없을 것이다. 나에게 그리고 우리 가족에게 닥친 이 시련의 의미는 무엇일까? 왜 나는 저 사람이 건강할 때 더 잘해 주지 못했나? 아픈 가족의 고통을 어떻게 나눌 수 있을 것인가? 이번에 회복하면 훨씬 잘해 주겠다는 생각도 들 것이다. 환자가 수술장에서 다시 생명을 이어간다면, 가족들은 대기실이라는 공간에서 가족이라는 인연의 의미를 다시 매만진다. 같이 살아온 힘으로, 의무감으로, 회한으로.

구렁텅이에 빠진 사람에게는 떨어지는 모래알 하나가 매정한 바위처럼 느껴지고, 이슬 한 방울이 가뭄에 내리는 단비처럼 반갑다. 그래서 정직한 말도 가끔은 냉혹한 일이 된다. 보호자를 불러 세울 때, 늘 그 부분을 조심하려고 한다.

"걱정 많이 하셨죠. 수술은 아주 잘 되었습니다."

18. 특실 환자

> "의사들이 환자 면담 시에 입을 유니폼으로 선택한 것
> 은 결국 실험실의 과학자, 화학자, 세균학자가 입는 하
> 얀 가운이었다. 그것은 단지 청결함만을 상징하는 것이
> 아니었다. 바로 지배와 통제를 의미했다."
>
> _바버라 에런라이크, 《건강의 배신》(부키)

평온한 토요일 오후였다. 그날은 당직팀 전공의
였던터라 수술장에서 오는 연락을 받게 되었다. 다른
과에서 응급 수술 중인 환자가 있는데, 알고 보니 대
장에 문제가 보여서 외과가 들어와 달라는 것이었다.
급히 수술장에 들어가 보니 환자는 대장이 천공된 상
태로 배안에 복막염이 심한 상태였다. 환자가 마취
된 상태에서 진료과와 집도의가 바뀌었다. 다행히 수
술은 무사히 끝났고 환자는 중환자실로 나왔다. 면회
시간에 다소 허름한 옷차림을 한 남편에게 수술 경
과를 설명하고, 하루 정도만 더 지켜보고 일반 병실
로 올라갈 수 있을 것이라고 말했다. 다음 날 중환자
실 그 자리에 가 보니 있어야 할 환자가 없어서 크게
당황했다. 중환자실 베드에 환자가 없다는 뜻은 대개
사망한 경우이기 때문이다.

수소문한 결과 다행히 환자는 밤사이에 일반 병실로 옮겨졌고, 위치는 12층이라고 했다. 의사로서의 지배와 통제가 가장 약해지는 특실 층. 12층은 병원에서 가장 높은 층이었다. 고위층 사람들은 생활하는 것도 고층이어야 안정감이 드는 것일까? 중세에 성을 쌓았던 사람들처럼 요즘에는 초고층 아파트를 짓고 있다. 병실에 들어가 보니 어제 허름했던 차림의 남편은 말쑥하게 정장을 입고 있어서 처음에는 잘 알아보지 못했다. 잠깐 봐서는 특실 환자 분위기는 아니였는데, 역시 사람은 겉모습으로만 판단해서는 안 되는 것이었다. 그가 건넨 명함에는 '재판관 ○○○'라고 여섯 글자만 적혀 있을 뿐, 전화번호나 회사 주소 같은 세속적인 표현은 없었다. 말 그대로 고위 공무원이었다. 지금 생각해 보면 공무원 월급으로 어떻게 특실을 사용했는지 잘 이해가 되지 않지만 그때는 그런 것에 의문을 가질 때가 아니었다. 어쨌거나 수술 후 경과가 좋았던 환자는 어느덧 퇴원할 시점이 되었다.

"선생님도 물론 외과 전문의이시죠?"

당시에는 갓 외과에 들어온 전공의 1년 차 신분이었고, 판사님께 위증을 하면 바로 들킬 것 같아서 뭐라고 대답을 해야 하나 고민을 했다. 거짓말을 할 수는 없어서 "네, 전문의 과정입니다"라고 했다. '과정'이라는 말은 아주 작고 빠른 목소리로 뭉갰지만 그래도 내 양심은 지켰다.

"그럼 선생님 방은 몇 층이시죠? 제가 꼭 드릴 선물이 있어서요."

1년 차 전공의가 혼자 쓰는 방이 있을 리가 만무한데, 상황은 점점 악화되어 갔다. 그때 내 머릿속에 떠오르는 공간은 창문이 잘 안 닫혀서 비가 들이치고 가끔은 비둘기가 들어와서 벽면에 오물을 투하하고 가는, 삐걱거리는 2층 침대가 놓여 있는 매우 협소한 2평 남짓의 당직실이었다.

"5층에 방이 하나 있긴 한데, 제가 수술 때문에 낮에는 방에 갈 시간이 없습니다. 혹시 다른 선생님이 있을지도 모르겠네요."

다음 날, 하늘 같은 2년 차 선배가 당직실에서 낮잠을 자고 있었는데 어떤 사람이 나를 찾더니 양주 몇 병을 맡겨 놓고 갔다고 했다. 양주도 보통 양주가 아니었다. 환자 얼굴과 이름은 기억 못하게 되는 날에도, 옛날에 받았던 '값비싼' 선물은 기억난다. '자본주의가 낳은 괴물'이란 표현은 이럴 때 쓰는 것인지도 모르겠다. 환자와 보호자로부터도 일체의 금품을 받을 수 없게 된 '부정 청탁 및 금품 등 수수의 금지에 관한 법률'이 존재하기 전 먼 과거에 있었던 일이다.

특실에 있는 환자를 보러 가는 것은 의료진에게 다소 부담스러운 일이다. 고가의 비용을 내는 것은 시설 사용에 대한 비용이겠지만, 의료진의 몸가짐도 괜히 그 품격에 맞춰야 할 것 같은 압박감이 든다. 돈과 권력 앞에 자연스럽게 고개가 숙여지는, 불편하게 자연스러운 일상적인 현상. 엘리베이터에서 내리면 보안 요원이 늘 상주하고 있다. 아주 가끔 가는 곳이므로 복도나 창가 쪽 전망 좋은 곳에 가서 사진도 좀 찍고 병실로 향한다.

일반 병실과 특실은 문을 여는 방법부터 다르다. 1인실을 포함한 모든 일반 병실의 문에는 작은 유리창이 나 있어서 병실이 어느 정도 노출되어 있다. 그렇지만 특실에는 안과 밖이 완전히 차단된 나무 문이 있어서 자연스럽게 노크를 하게 된다. '혹시 시간이 되시면 회진을 한 번 돌아도 되겠습니까?' 하는 정중한 요청을 보내는 것이다. 병실로 들어간 다음에는 보조침대와 의자에 앉아 있는 보호자가 먼저 시야에 들어오고, 이분들과 인사를 나눈 이후에 비로소 환자를 대면하게 된다. 침대도 훨씬 크고 침구도 매우 두텁고 포근해 보인다.

의료진 입장에서는 환자가 외과 병동에 입원해 있으면 이동 거리가 짧은 홈 경기를 치르는 것 같은 편한 느낌을 준다. 그래서 굳이 특실을 가겠다는 환자를 만나면 어떻게든 설득을 해 본다. 외과 병실 1인실도 '저렴하지만' 꽤 쓸 만하고, 특실은 외과 전문 병동이 아니라서 즉각적인 대처가 어려울 수 있다는 괴담을 늘어놓기도 한다. 무엇보다 특실 환자들은 운동을 하지 않고 포근한 침대에 누워 있는 것을 좋아한다. 특실 병동의 바닥과 복도에는 대리석과 카페트가 깔려 있다. 외과 수술을 받게 되면, 빠른 회복을

위해서 수술 다음 날부터 아픈 배와 수액걸이를 부여
잡고 반 강제로 운동을 하게 되는데, 특실에서는 이
부분이 어렵다. 병실에서 잘 나오지 않는 특실 문화
가 병실 복도를 돌며 운동하는 것이 자연스러운 외과
병동의 문화와 충돌한다. 복도에 있는 화려한 문양의
카페트가 수액걸이의 바퀴와도 상극이어서 잘 굴러
가지 않는다. 고립된 특실은 외과와 잘 안 맞는다. 아
픔은 이웃들과 함께 나눌 때 더 쉽게 이겨 낼 수 있으
므로.

수소문한 결과 다행히 환자는 밤사이에 일반 병실로 옮겨졌고, 위치는 12층이라고 했다. 의사로서의 지배와 통제가 가장 약해지는 특실 층.

19. 끼니

"굶더라도 다가오는 끼니는 피할 수 없었다. 끼니는 파도처럼 정확하고 쉴 새 없이 밀어닥쳤다. 끼니를 건너뛰어 앞당길 수도 없었고 옆으로 밀쳐 낼 수도 없었다. 끼니는 새로운 시간의 밀물로 달려드는 것이어서 사람이 거기에 개입할 수는 없었다. 끼니는 칼로 베어지지 않았고 총포로도 조준되지 않았다."

_김훈, 《칼의 노래》(문학동네)

그 치프는 걱정이 매우 많은 사람이었다. 항상 최악의 경우를 생각하고 극단적인 상황을 얘기했다. 환자가 많이 몰리거나 중환자가 많은 의사를 흔히 '내공이 없는 사람'으로 부르는데, 그는 말 그대로 '물내공'의 현신이었다.

일단 그의 화려한 이력을 들어 보자. 1년 차 때는 멀쩡히 걸어서 퇴원하던 환자가 그와 인사를 나눈 뒤에 병동 입구에서 갑자기 피를 토하며 쓰러져서 재입원하는 일이 있었다. 3년 차 때는 중환자실 안을 그냥 지나가는데, 그 앞에 비교적 멀쩡하게 누워 지내던 신경외과 환자에게 갑자기 심정지가 나타나 심폐소생술을 해야 했던 적도 있었다. 달이 바뀌어서 인

계날이 다가오는 마지막 주차에 환자 상태가 나빠지면, 다음 달에 이 병동으로 오는 전공의가 혹시 그가 아니냐며 수근거렸다. 환자들이 다음 달 담당 의사를 알고 이번 달부터 미리 안 좋아진다는 웃지 못할 이야기의 주인공. 환자에게 의사는 만날 때마다 조금이라도 좋아지는 기분을 느끼게 해줘야 하는 존재인데, 그는 늘 불운을 달고 살았다. 그가 이끄는 팀의 주치의로 배치되어 밥을 함께 먹다가 그에게 들었던 이야기가 아직까지도 기억이 난다.

"시간이 있을 때 밥을 많이 먹어 두어라."

전쟁터에서나 있을 법한 비장한 대화였다. 자기 주변에서는 항상 응급 상황, 응급 수술이 많이 생기므로 느긋하게 밥 먹을 일은 드물 것이란 뜻이었다. 실제로 그달은 전국에서 밀려오는 환자들로 매우 힘들었다. 응급실 호출에 시달려 밥도 잘 못 먹는 한 주치의는 그의 앞에서 눈물을 글썽이면서, '우리가 이렇게 힘든 건 다 선생님 물내공 탓인 것 같다'는 참담한 소리를 내뱉기도 했다.

나의 밥 먹는 속도가 빨라진 것도 아마도 그 무렵이었던 것 같다. 누가 뺏어 먹는 것도 아닌데 게걸스럽게 밥을 먹는다. 대략 5분 정도가 걸린다. 게다가 많이 먹는다. 같이 먹는 사람이 고른 메뉴가 맛있어 보인다고 말이라도 하면, 내 탐욕스러운 눈빛 때문인지 알아서 음식을 내밀었다. 운동할 시간도 부족해서 전공의 과정이 끝날 때 쯤에는 10킬로그램 정도 체중이 늘었다. 불행하게도 지금도 그 몸무게이다.

옛날 외과의들은 부실한 점심에 대한 보상으로 저녁 한 끼를 거하게 먹었다. 팀회진을 돌고 저잣거리에 나가서 술과 고기로 밤늦게까지 회식을 하는 날을, '출격'한다고들 말했다. 상급 레지던트가 노는 것을 좋아할수록 같이 놀아 주어야 하는 주치의들은 일할 시간이 없어서 힘들었다. 토요일 오전 회진을 돌고는 대개 '점심 출격'을 하는데, 과하게 먹고 와서 병원 당직실에서 잠깐 눈을 붙였다가 눈을 떠 보면 일요일 아침인 경우가 부지기수였다. 일주일의 피로로 구두도 벗지 못하고 까무라쳤던 것이다.

병원 안에 있는 직원식당을 이용하는 것을 쥐약 먹는 것처럼 싫어하는 외과 전공의들은 출격이 없는 날이면 저녁을 배달시켜 먹었는데, 주문은 늘 인턴의 몫이었다. 나쁜 말로는 의무이지만 다른 말로는 폭넓은 선택의 기회를 주는 것이다. 단, 인원수를 넘겨서 풍성하게 시켜야 하고 큰 음료수를 시키는 것이 내려오는 전통이다. 입에서 입으로 전해 내려오는 전설에 따르면 7명 식사에 달랑 김밥 7줄로 매우 좁은 선택을 한 외과 인턴이 있었다는데 그 사람의 한 달이 어땠을지는 상상하기도 싫다.

중화요리를 시킬 때는 절대로 면 종류를 주문하면 안 된다. 일이 끝나지 않아 식사 시간을 못 맞추게 되면 면 요리는 국물에 취해서 부풀어 버리기 때문이다. 반면에 내과 전공의들은 면 요리에도 시간을 잘 맞췄다. 내과 인턴을 할 때 당시에는 생소한 음식이었던 중국냉면을 아주 좋아하는 주치의를 모신 적이 있었는데, 그 여름 한 달은 점심과 저녁을 중국냉면만 먹었던 것 같다.

수술장에서 일하는 날은 정해진 점심시간이 따

로 없다. 외과 일이라는 것이 밥 먹고 쉴 만큼 여유 있게 할 일이 아니기 때문이다. 병원에서는 의료진의 이동시간도 줄이기 위해 수술장 안에 간단한 식사를 할 수 있는 공간을 마련해 두었다. 외과 의사들은 여기에서 점심과 저녁을 많이 해결한다. 수술을 받기 위해 전날부터 금식 중인 환자들을 생각해서인지는 몰라도, 진행 중인 수술이 끝날 때쯤 쉼 없이 다음 수술 환자를 불러 내린다. 그래서 아침 첫 수술만 시작 시간이 정해져 있고, 그다음 수술은 몇 시에 시작한다고 정확하게 말하지 못한다.

아침부터 수술을 하다 보면 점심시간을 애매하게 넘기는 경우가 많다. 가령, 오전 11시에 시작한 수술이 오후 2시쯤에 끝나는 상황. 내가 인턴을 할 때 점심을 잘 챙기지 못해서 힘이 하나도 없던 숱한 오후가 떠올라서 수술 중간에라도 밥을 먹지 못한 사람을 내보내 밥을 먹고 오게 한다. 하지만 내 마음의 모래시계가 내어 줄 수 있는 시간은 이동 시간 왕복 2분, 식사시간 5분, 다시 손 닦는 시간 3분으로 도합 10분 남짓이다. 이 시간이 넘어가면 슬슬 인내심에 한계가 오는데, 요즘 젊은 의사들은 30분도 훌쩍 쓴다. 어디 호텔 뷔페라도 갔다 왔냐고 핀잔을 주어도 별다른 타격을 입지 않는 것 같다.

한번은 나만 여유 있게 밥을 먹고 들어온 오후 수술방에서 '인턴 선생, 밥은 먹었지?'라고 별 뜻 없이 말을 걸었는데, 갑자기 그가 눈물을 뚝뚝 흘리는 것이다. 밥도 못 먹고 일하는 것이 서러운데, 이토록 따뜻하고 세심한 교수를 만나서 감동한 것이라고 속으로 생각했다. 감동을 증폭시키기 위해 인턴에게 밥 먹을 시간을 배려해 주지 않은 전공의를 따끔하게 혼내려는 찰나, 전공의가 내 귀에 대고 작은 목소리로 이렇게 속삭인다.

"오늘 전공의 시험 합격자 발표가 났는데, 저 인턴 선생님은 지원했던 안과에서 떨어져 슬픈 것 같습니다."

늘 정원을 못 채우는 비인기과로만 달려온 나에게는 전공의 시험에서 떨어진다는 것이 도무지 납득이 가질 않는다. 그래도 때에 맞춰서 끼니를 때우고, 면 요리도 많이 먹을 수 있는 과를 해 보는 것도 좋겠

는데, 그러려면 학생 때 성적이 좋았어야 할 수 있는
선택이라는 생각에 관두기로 한다.

20. 도토리의 생

"되도록 아무것도 파괴하지 않고 되도록 아무 생명도
다치게 하지 않으며 아름다운 것을 바라보는 삶, 꿈은
클수록이 아니라 다양할수록 좋다고 믿는다. (…) 나는
완주와 기록에 의의를 두기보다는 삶을 선물로 여기게
만드는 순간들을 더 천천히 들여다보고 싶다."

_김하나, 《힘 빼기의 기술》(시공사)

주말 오전에는 딸과 2인 1조로 집 밖에서 야외
활동을 하는 것이 우리 집안의 무언의 규율이다. 출
타 시간은 이르면 이를수록 환영받는데, 오늘의 작전
개시 시간은 '눈뜨자 마자'라고 딸이 나를 깨운다. 겨
우 뜬 눈으로 태연하게 서로에게 옷을 입혀 주고, 주
차장으로 내려가서 우선 시동을 걸었다.

옆 동네에 새로 개관한 도서관은 내부가 넓고
깨끗하고 날씨에도 크게 구애받지 않는 첫 번째 선
택지다. 도서관 뒤의 숲속 산책로는 높게 잘 만들어
져 있는데 키 큰 나무의 높이에서 세상을 관망할 수
있다. 가을이라 도토리가 여기저기에 많이 떨어져 있
는데, 매끈하고 동글동글한 외모가 사랑스럽다. 딸에
게 도토리를 만나거든 몇 개만 줍고 산으로 던져 주

라고 말하는데, 도토리가 산짐승들에게 일용할 양식이 된다는 뻔하지만 훈훈한 교육을 잊지 않는다. 실은 운송이 불편하고 집에 가져가 봐야 쓸모없기 때문이다. 얼마 전 남한산성에 올라갔을 때 만난 다람쥐에게 딸아이가 좋아하는 초록색 과자를 던져 준 적이 있었는데, 기겁하면서 목숨을 걸고 찻길 건너로 도망치던 모습을 보며 사람의 먹거리와 동물의 먹이가 엄연히 다르다는 것을 우리는 함께 배웠다.

'개밥의 도토리'는 개밥에 섞여 들어간 도토리를 관찰한 말인데, 개는 도토리를 먹지 않으므로 다른 음식과 섞이지 못하고 외면 받는 신세라는 뜻이다. '도토리 키 재기'는 고만고만한 도토리들을 모아서 키를 재는 행위 따위의 무용한 일을 비웃는 말이다. 아, 이 가련한 도토리의 생이여!

도토리를 숲속 동물의 겨울 식량 정도로만 생각했는데, 도서관에서 우연히 눈에 들어온 《도토리가》라는 어린이 책을 딸과 같이 읽다가 아직 글을 모르는 딸은 졸았고, 나는 딸아이 대신 감동에 젖었다. 어느 해설을 보니 10분만에 읽을 수 있지만, 10년을 읽어도 감동적인 책이라고 써 있다. 참나무에서 영글어 가던 도토리가 땅 위로 떨어진 시점에서부터 이야기는 시작된다. 계획도 목적도 없는 출발은 얼마나 막막하고 외로웠던가? 할 수 있는 일이라고는 바람 부는 숲에서 낙엽과 뒹구는 일 아니면 짐승의 먹이가 되는 일뿐이다. 간혹 운이 좋은 도토리는 땅속으로 들어가 뿌리를 내리고 이듬해 봄에 새싹을 틔운다. 주인공 도토리는 고개를 내밀었더니 스스로가 너무 보잘것없이 보여 무려 4년 동안이나 자신을 땅속에 파 묻고 뿌리를 깊이 내린 후에야 비로소 나무로 변신한 기적 같은 이야기가 책 속에서 펼쳐진다.

도토리를 맺는 나무를 도토리나무라고 부르지 않고 참나무라고 부른다. 우리나라의 산에 이 나무가 흔하고 쓰임새가 다양해 '진짜 나무'라는 의미로 붙여진 이름이다. 참나무의 종류는 총 여섯 가지인데, 영화 〈가을로〉에 나왔던 7번 국도변의 동네들 이름처럼 왠지 이름을 불러 줘야 할 것 같다. 상수리나무, 굴참나무, 갈참나무, 졸참나무, 신갈나무, 떡갈나무.

떡갈나무의 잎은 사람 얼굴을 가릴 정도로 커서

떡을 찔 때 밑에 까는 용도로 쓰였고, 신갈나무는 털이 없이 매끈해서 신발 밑창으로 깔았다고 해서 신갈나무라고 한다. 이 사실은 그 영향력이 토토리 같아 안쓰러운 신문에 실렸던 안도현 시인의 글에서 알아냈다. 이름의 위압감은 역시 졸참나무다. 이 나무의 이름을 나직이 불러보니 이름이 낯설지 않고 모던하다.

도서관 밖으로 나와 도토리를 땅으로 보낸 참나무를 다시 한번 한참을 올려다봤다. 후손을 가리키는 영단어는 'descendant'라고 한다. 나무에서 땅으로 툭 떨어진 도토리를 보면서 그 말의 의미를 비로소 이해했다. 'offspring'이라는 단어도 어원을 찾아보니, 'spring'이라는 말이 고어에서는 'origin'이라는 뜻이어서 자손이라는 뜻이 된다고 한다. 참나무는 도토리가 뿌리를 내릴 때까지 따가운 햇빛과 비바람을 막아줄 뿐 그저 지켜만 볼 것이다. 보잘것없는 도토리가 눈물 나게 안쓰러워도 다시 주워 붙일 수는 없는 노릇이다. 도토리의 생은 지상에 착륙한 순간 완전하게 개별적이고 그 자체로 온전해야만 한다. 일부는 부모나 스승을 닮거나 혹은 그들을 훌쩍 뛰어넘는 근사한 나무로 자라기도 하겠지만, 아무것도 되지 못한 채 그저 그렇게 생을 마감하는 도토리는 또 얼마나 많을까?

도토리묵에서 쌉싸름한 맛이 나는 까닭을 이제 알 것 같다. 나무가 되지 못한 도토리의 한이 배어 있기 때문이다. 고기가 노릇노릇하게 구워지는 새빨간 숯불이 된 참나무를 볼 때, 돌고 돌아 불덩이가 된 도토리나무의 쑵쓸함이 언뜻 보인다.

21. 절정의 불행

"도저히 잠이 올 것 같지 않은 신기한 밤을 벚꽃과 함께 깨어 있자고 마음먹었다. 별도 달도 보이지 않았다. 밤 벚꽃이 끊임없이 지고 있는 모습만이 마음에 스며들어, 뜨뜻미지근한 꽃비에 몸을 맡기고 있는 기분에 취해 있었다."

_미야모토 테루, 〈밤 벚꽃〉(바다출판사)

꽃이 피는 계절에 무작정 꽃으로 달려드는 존재들이 있다. 벌과 벌레는 공생의 더듬이에 꽃가루를 묻힌 대가로 원했던 달콤함을 얻지만, 나르시시즘의 안테나 셀카봉을 쳐든 인간은 꽃 무더기 앞에서 늘 필패를 경험한다. 화려한 결과만을 탐하는 미소는 꽃 배경에 모두 묻힌다. '사람이 꽃보다 아름다워'라는 말은 그 가사를 되뇌어 볼 때, 줄기와 가지에 잎들을 무성하게 피워 낼 수 있을 만큼 마음이 넉넉하고 사랑이 샘솟는 사람에게만 그 말이 유효하다. 그러므로 한 송이의 꽃이라도 교만한 사람보다는 여전히 아름답다.

어떤 존재는 스스로가 도저히 해낼 수 없는 것, 도무지 가질 수 없는 것, 월등히 위대한 것에 대해서는 그 품으로 쉽게 항복해 버리고 만다. 나르시시즘의 안테나를 접고 꽃 앞에 멍하게 선 사람은 자신의 한계와 포기의 행복을 아는 아름다운 인간이다.

꽃의 시절이나 사람의 시절이나 절정의 순간을 자각할 수 있을까? 절정의 순간을 제때에 안다면 다시 오지 않을 그 시절이 더없이 귀할 것이다. 그 찰나를 알지 못하는 존재는 그 순간에도 더 화려한 날을 욕망하지만, 지나가 버린 순간은 다시 오지 않는다. 미망의 시간을 통과할 때야 비로소 빛나던 순간이 지나갔다는 사실이 확연히 드러난다.

벚나무는 꼬박 1년을 준비하여 짧은 한철에 화려한 꽃을 피워 내지만, 꽃이 흩날려 지고 나면 누구하나 쳐다보지 않는다. 가을 나무가 만산홍엽(滿山紅葉)의 빛깔을 뽐낼 때는 단풍이 낙엽으로 떨어지기 직전인데, 낙엽 이후에는 아무도 나무를 거들떠보지 않는다. 눈 내리는 겨울이 되어 흰 코트를 걸치고 나서야 '아, 저 자리에 나무가 있었구나' 상기할 뿐이다. 이렇게 야속한 세월을 온몸으로 받은 나무는 화려한 시절을 나이테에 꼭꼭 숨겨 버린 나머지 계절에는 가

볍고도 과묵하다. 그래서 나는 이런 위대한 것들의 쓸쓸함이 미리 드리워진 절정의 순간보다 꽃이 만개하기 전 지금의 이른 봄, 짧은 한철이 더 좋다.

　벚꽃이 보기 좋은 공원에 딸과 함께 봄 나들이를 나갔다가 지난 정권에서 고위직을 지냈던 정치인이 저속으로 주행하는 유세차 위에서 연설을 하고 다니는 장면을 봤다. 배정받은 기호가 6번이라니, 이번 선거에서는 불행하게도 힘 있는 당의 공천에서 배제된 것 같다.

　"저에게 다시 일할 기회를 주십시오!"

　내 기억이 맞다면 이 분은 저런 목소리들을 귀담아 처리해야 했던 주무 부처의 장관이었던 듯하다. 그 시절에 저분이 '사람에게 다시 일할 기회를 주는 것'에 어떤 노력을 했는지, 아둔한 나로서는 기억해 내기 어렵다. 선거 운동원으로부터 저분의 아내라고 소개받은 사모님도 고생이 참 많아 보인다. 언제 길바닥에 서서 누구에게 몸을 굽혀 가며 아쉬운 소리를 해 보셨겠나.

　　일부 정치인들이 권력자가 된 이후에는 다른 사람의 의견을 귀담아듣는 것을 공통적으로 싫어하는 까닭은 아마도 선거 운동을 하면서 경험한 과잉된 감정 소모에 대한 보상심리일지도 모르겠다. 고분고분 말을 잘 듣던 사람이 승진을 하고 높은 자리로 올라가려고 하는 욕구의 본질은 더 이상은 남의 말을 듣지 않고 싶어서이다. 어차피 인간이란 존재는 오류투성이인 말과 행동을 늘어놓고 산다. 그래서 스스로가 보기에 거의 완전함에 가까운 자신이 말을 더 오래하고 싶고, 다른 사람들이 수첩을 펴놓고 고개를 끄덕이며 진심 어린 표정으로 받아 적는 모습을 흐뭇하게 관망하고 싶은 것이다. 권력의 본질은 조용한 경청의 강요이다.

　　어쨌거나 용달차에 올라선 눈물겨운 부부는 지역 주민의 말을 앞으로도 계속 경청하겠다고 하니, 나는 지나가는 길에 지나가는 말로 들어줄 뿐이다. 이 정치인의 권력자로서의 절정의 순간은 슬프게도 이미 몇 년 전에 지나갔을 것이다. 하지만 사람은 나무와 다르게 여러 가지 모습으로 위대한 존재가 될 수 있으므로 인간으로서의 절정의 때는 항상 모를 일이다. 그것이 바로 식물이 아닌 사람의 삶이다.

22. 1타 선생님

> "오리건 주 포틀랜드에서 교사로 재직하고 있는 빌 비
> 글로우 씨는 미국 전역에서 교육하고 있는 콜럼버스 일
> 대기를 바꾸어 보려는 운동을 펼치고 있다. 그는 첫 수
> 업 시간이면 맨 앞줄에 앉은 여학생에게 다가가 그 학
> 생의 지갑을 집어 간다고 한다. 그 학생이 '선생님께서
> 제 지갑을 가져가셨어요!'라고 말하면, 비글로우 선생
> 은 '아니, 난 그냥 발견했을 뿐이야'라고 답한다."
>
> _하워드 진, 《하워드 진, 교육을 말하다》(궁리출판)

'1타 선생님'은 요즘 사교육 시장에서 가장 상종
가를 치는 단과 강사들을 일컫는 말이다. 어원은 여
러 가지 설이 있다. 가장 싸움을 잘한다는 '1진'에서
나온 말이라는 설, '1타 쌍피'에서 나왔다는 설, 그리
고 '1번 타자'의 준말이라는 설 등이 있다. 어원에 상
관없이 일단 발음을 해 보면 그 의미가 몸으로 와닿
는다. 학원가에서 이름을 날리는 강사는 인터넷 강의
기업으로 영입이 되는데, 잘 나가시는 분들의 수입은
많게는 수백억까지도 된다고 한다. 물론 개인기 하나
로 가능하지는 않다. 운전기사, 교재 연구자, 유머 연
구자, 강의 모니터 요원 등 철저한 역할 분담이 된 하
나의 팀으로 움직이는 벤처 기업이다.

학창시절, 유명한 학원 강사님께 수강신청을 하려고 긴 줄을 섰던 광경이 떠오른다. 천성적으로 이런데 시간을 쓰지 않는 학생들이 있었기에, 개강 이후에도 수강신청이 가능했던 2타, 3타 선생님들도 먹고 살 수 있는 낭만이 흐르는 시대였다. 요즘은 정원제한이 없는 '인강'이 발달해서 누구나 돈만 있으면, 1타 선생님의 강의를 들을 수 있다. 1타가 뜨면 뜰수록 2타, 3타 선생님들의 형편은 상대적으로 곤궁해진다. 최근에는 1타 선생님이 되기 위해 가수 데뷔를 준비하는 아이돌처럼 합숙까지 하면서 연습생 시절을 거치는 선생님도 있다고 한다.

1타 선생님에게 수강신청을 못해서 그랬는지, 나는 대학 입시에 낙방을 했었다. 한강 이북에서 가장 유명하다는 J학원(D학원 출신들이 한강 이남에서 최고라는 뜻 모를 자부심을 갖고 있기에 배려하는 표현임)에 등록을 하러 갔을 때의 충격이 지금도 생생하다. 재수 학원에 들어가려면 또 시험을 봐야 한다는 것이다. 학원 입학 경쟁률이 3:1이었다. 아, 여기서 또 떨어지면 무슨 망신인가! 그런 모욕적인 시험을 보고 들어간 J

182

학원을 그래서 J대학이라고 부르는 친구들도 더러 있었다. 콩나물시루 같은 반을 배정받고 며칠 강의를 들어보니, 대한민국에 강의 잘하는 선생님들은 정말 다 모여 있었다.

　나는 태어날 때부터 과학을 못했는데, 그중에서도 화학은 정말 아는 게 하나도 없었다. 하지만 J선생님의 화학 강의를 듣고 나니, 내가 못나서 공부를 못했던 게 아니고, 제대로 된 선생님을 못 만나서 그랬구나 하는 생각이 들었다. J선생님은 내 인생에서 처음 만난 충청도 사람이다. 열거하는 말이 충청도 사투리인지 잘 모르겠지만, '옴팡(죽도록, 많이)', '이게가요(이것이요)' 등의 재미난 어휘와 몇 가지 비속어로 구성된 다채로운 유행어를 가지고 있었다. 강의가 시작되려고 하면 옆 반 학생들이 콩나물시루의 가느다란 통로에까지 책상과 의자를 끌고 들어와서 선생님도 책상을 딛고 겨우 입장할 정도로 초만원이었다. 무협 영화에서 보았던 '허공답보'라는 초식의 재림인 듯, 입장하시는 모습부터 대단했다.

　대가의 강의는 일단 시사토크부터 시작한다.

YS가 어떻고, DJ가 어떻고 등 대부분 정치 이야기였는데, 그 나이대의 재수생들은 아무 관심도 없는 토픽을 몇 일간 반복해 가면서 서사 구조의 탄탄한 토대를 마련했다. 그 위에 매번 새로운 등장인물을 등장시켜 흥미를 더해 갔다. 정작 강의는 종이 울리고 40분이 지나서야 시작되었는데, 쉬는 시간 5분까지 사용하여 실제 강의시간은 15분 정도에 불과했다. 그 수업은 여태껏 어느 교재에도 없고, 어느 모의고사 문제에도 없는 내용이었다. 음란한 어휘 구성으로 조합된 원소주기율표 암기법에서부터 본고사 입시 문제로 나오고야 말 법한 심오한 내용까지 가득 차 있었다. 사실 나는 이 시간에 대학교 교양 수업 중 '일반화학'을 다 배운 셈이었다. 대학에 가서는 다시 하나도 모르는 상태가 되었지만 말이다.

내가 기억하기에 그분이 밝힌 자신의 내력은 대략 이렇다. S대 화학과를 졸업하고, 뜻한 바 있어 도미를 결행한 후 칼텍(CalTech, 당시에는 이름도 처음 들어 본 학교)에서 박사를 하셨고, 그 후 귀국하여 모교의 교수를 지내다가 가세가 기울어서 수억(정확히 표현은 하지 않았으나 미루어 짐작하면)의 스카우트 제의를 받고 J학원에 왔다고 했다. 이렇게 어려운 결심을 하게 된 계기에 돈만 작용한 것이 아니고, 대한민국을 넘어 전 세계에 J학원 출신 인재들을 가득 채우겠다는 원장님의 뜨거운 애국심과 교육자 정신에 깊은 감화를 받은 것이 결정적인 계기였다는 말씀을 덧붙이셨다.

작년 기출 문제를 풀어줄 때 어떤 문제가 하도 난잡하길래, 출제한 교수가 누구냐고 자기 후배 교수에게 물었더니 "형님, 그거 제가 낸 문제인데 그걸 지적하신 분은 형님이 처음이십니다. 조용히 덮어 주세요"라는 양심선언까지 받았었노라고 하셨다. 출제자의 머리 꼭대기에 계신 분에게 산상수훈을 받을 때 밀려왔던 감동이란….

그런데 교실 맨 뒷자리부터 채워 주시던 삼수생 형들이 J선생님의 자기자랑 시간에 가끔 잠에서 깨어 한마디씩 했다.

"저 선생님 작년에는 MIT 출신이라더니, 올해는 칼텍이네."

"그러게, 재작년에는 칼텍이라고 했다던데, 2년

에 한번씩 학교가 바뀌네."

"몇 년 전에 S대 화학과에 들어간 친구가 동문 명부랑 교수연명부를 뒤져도 저런 이름이 없다던 데?"

선생님의 깊은 가르침을 문자 그대로의 현세적 가치로 판단하는 '믿음'이 부족한 사람들이라니! 나는 절박했고 무조건 믿었다. 그리고 그 믿음이 나를 절망에서 구원했다고 믿는다. 내 인생의 1타 선생님과 함께한 시간은 처음으로 공부가 재미있었던 시절이었다.

폐쇄성 결장암으로 응급 수술을 했던 초로의 환자가 있었다. 수술 다음 날에도 개복수술을 한 여느 환자처럼 침대를 붙잡고 누워서 인상만 쓰고 있었다. 침대 옆에는 아내가 보호자로 앉아 있었는데, 근심이 가득한 표정이었다. 몇 마디 이야기를 하고 돌아서려는데 환자의 이름이 익숙했다. 얼굴을 다시 보니 EBS 강사로 유명했던 분으로 보였다. 왜 응급실에서는 몰라봤을까?

"혹시 A선생님 아니세요? 지구과학을 가르치셨던….."

누워만 있던 환자는 벌떡 일어나서, 자기를 알아보느냐고 되묻고는 만면에 미소가 가득해졌다. 슬쩍 부인을 보는 눈빛이 '거봐, 나 이런 사람이야'라는 표정이었다. A선생님의 지구과학 강의는 지구 밖에서 지구와 달과 태양계를 100년 정도 관찰한 수준의 통찰을 주었다. 2차원적인 글과 그림으로는 도저히 이해가 안 되는 현상을 정말 알기 쉽게 설명해 주셨다. J학원에 가서도 지구과학은 선생님 강의가 담긴 EBS 교재로만 공부했었다. A선생님은 내가 여태 수술한 분 중 유일하게 TV에서 뵙던 분이다. 기왕 아는 체한 회진, 한마디를 더 해드리고 인사를 드렸다.

"제가 선생님 덕으로 의사가 되었습니다."

선생님은 항암치료도 무사히 마치고 재발 소견 없이 건강한 모습으로 병원에 정기적으로 나오고 계신다. 지구에서 아직 하실 일이 많으시다.

23. 관악산 연주암 629미터

"심장에 붙은 질병의 종류는 다른 어떤 기관들보다 더 많으며, 게다가 모두 심각한 것들이다. 프린츠메탈 협심증, 가와사키병, 엡스타인 이상, 아이젠멩거 증후군, 다코츠보 심근병 등의 많은 심장병에 걸리지 않고 살아갈 수 있다면, 자신이 정말로 운이 좋은 사람이라고 생각해도 된다."

_빌 브라이슨, 《바디》(까치)

인턴 때 흉부외과를 2개월을 돌았다. 흉부외과를 돌고 간 모든 인턴이 한결같이 '돌고 나면 재미있는 흉부외과'라고 말했지만 난 그렇게 말한 인턴을 색출해서 턴을 바꾸고 싶은 생각뿐이었다.

흉부외과의 세 가지 파트는 식도와 폐를 보는 일반 흉부와 협심증, 판막 질환 등의 심장병을 보는 성인심장, 선천성 심장병을 보는 소아심장으로 나뉜다. 흉부외과 인턴 중에서 젊고 혈기왕성한 아이들만 배치한다는 성인심장팀에서 여름에 주치의를 했었다. 주말에 잠깐 나갔다 온 것을 빼면, 그 기간에 거의 병원 밖으로 나가지 못했다. 병원 말로 이런걸 '풀당(full duty, 풀당직의 준말로 의식주를 병원 안에서 해결

하고, 병원 안을 추레하게 돌아다녀도 박수받는 사람)'이라고
한다.

인턴 주제에 흉부외과에서는 주치의(레지던트
1~2년 차 전공의)일을 자의 반 타의 반 맛볼 수 있다. 그
이유는 전공의가 없기 때문이다. 전국 어디든 마찬가
지이다. 오전 8시에 들어가서 빨리 끝나야 오후 5시
에나 끝나는 수술 때문에 20여 명의 환자들에게 무의
촌이 된 병동을 지키는 것이 나의 주된 업무였다. 이
런 경우를 흔히 '환자를 붙잡고 있다'라고 표현하지
만, 외과 계열의 특성상 수술만 깔끔하게 잘되면 그
이후에는 별다른 큰 이벤트가 생기지 않기 때문에 내
가 환자들을 붙잡고 있어도 응급 상황이 터지기는 쉽
지 않다.

정통 '외과'에서 2년 차 전공의가 하는 일을 흉
부외과에서는 인턴이 하고 있는 셈이다. 각종 검사
를 예약하고, 교수님들 회진 접대하고, 환자 상태를
파악하고, 검사 결과를 챙기고, 입원한 환자의 얼굴
도 익혀야 한다. 아직도 남은 문제가 많다고 생각하
는 환자들을 잘 설득해서 퇴원시키는 일까지도 해야

한다. 업무 수준이 올라가서 피와 주사바늘로 얼룩졌던 나의 인턴 생활이 우아해졌던 건 사실이지만, 갑자기 업그레이드된 능력을 요구받는 상황들로 무척 스트레스가 많았다.

우리 치프 선생님(4년 차 전공의, 병동 수석의)은 여성이었다. 아이도 있었다. 이런 사실로 더 우러러보고 존경을 눈빛을 보내드리는 건 아니었지만 내가 겪었던 치프선생님들 중에서 가장 깐깐하고 거친 축이었다. 파견 병원에서 비교적 편안했던 두 달간의 근무를 마치고 복귀한 뒤에, 응급실에서 근무한 적이 있었다. 근무 시작 후 며칠이 채 지나지 않은 저녁 무렵, 중증 환자가 실려 왔다. 정신과 질환을 앓고 있는 할아버지였는데 자해를 했던 것이다. 환자는 부엌칼로 가슴과 배를 찔렀고, 그로 인한 기흉(폐와 가슴막 안에 공기가 차서 폐가 펴지지 못하는 상태)과 복막염이 의심되는 환자였고, 과다 출혈로 인해 혈압은 바닥으로 치닫고 있었다.

이럴 때 가장 시급한 처치는 수액과 피를 들이부어서 혈압을 정상으로 올려놓는 일인데, 그러려면 굵은 바늘이 그에 걸맞는 목이나 빗장뼈 밑에 있는 큰 정맥으로 들어가야 한다. 응급의학과 선생님이 몇 번의 실패를 했고 환자 상태는 점점 더 나빠지고 있었다. 그때 홀연히 수술복을 입고 빠른 걸음으로 나타난 그녀. 모든 고민을 한 번의 빠른 손놀림으로 날려 버렸다. 다행히 그 환자는 응급 수술로 목숨을 건졌고 가장 큰 공은 지금에 와서 생각해 봐도 치프 선생님의 날렵한 솜씨에 있었다고 생각한다.

그렇게 멋있게 보였던 치프는 막상 흉부외과에서 만나 보니, 늘 냉소적인 비웃음으로 마스크를 하고 있었고, 어리숙한 인턴에 대한 욕을 입에 달고 살았다. 그달은 공교롭게 흉부외과의 등산대회가 있었다. 우리 치프는 욕심과 경쟁심이 남달랐고, 등산대회에서 자기가 이끄는 성인심장팀이 1등으로 정상에 올라야 한다고 했다. 한국의 100대 명산으로 꼽히는 관악산 연주암 해발 629미터. 그리고 그것을 부실한 팀원들을 이끌고 기필코 해내고야 말았다. 수많은 밤을 울분으로 지새우면서 뭔가 기특한 한 건으로 복수해 주고 싶었으나 뭘 해도 칭찬 한 번 받은 적이 없었다.

"너네는 이 짓 한 달만 하면 그만이지만 우리는 평생 해."

치프가 원했던 대로, 평생 그 짓을 잘하고 있길 바란다. 늘 자부심 넘치는 흉부외과 파이팅!

24. 사우나, 그 뜨거운 환대

"환대란 타자에게 자리를 주는 행위, 혹은 사회 안에 있는 그의 자리를 인정하는 행위이다. 자리를 준다/인정한다는 것은 그 자리에 딸린 권리들을 준다/인정한다는 뜻이다. 또는 권리들을 주장할 권리를 인정한다는 것이다. 환대받음에 의해 우리는 사회의 구성원이 되고, 권리들에 대한 권리를 갖게 된다."

_김현경,《사람, 장소, 환대》(문학과지성사)

1.

어릴 적 목욕탕이 싫었다. 옷을 벗는 것, 뜨거운 물에 들어가는 것, 이태리 타올로 때를 미는 것 모두가 싫었지만, 그중에서도 숨이 턱턱 막히는 목욕탕 안의 비릿하고 매캐한 수증기가 가장 싫었다. 어른들이 뜨거운 목욕물에 몸을 담그고는 '시원하다'는 거짓말을 했었는데, 어느덧 내가 그 나이가 되고 보니 점점 그 뜨거움에 익숙해진다.

무엇보다 요즘은 사우나에 가는 게 좋아지고 있다. 사우나는 세상이 내 온몸에 전해 주는 뜨거운 위로요, 환대이다. 어느 호텔 예약 사이트 광고에 '호텔 선택 기준은 조식이냐, 위치냐?'는 말이 있었는데,

내 기준은 이제 사우나가 됐다. 몇 년 전부터 어깨 통증이 생겨서 고생을 하고 있는데, 사우나에 다녀오면 많이 편안해지는 것을 느낀다. 어른들이 말한 시원함은 피부로 느껴지는 온도가 아니라, 뭉쳐 있던 뼈와 근육이 풀릴 때 느껴지는 그 시원한 쾌감을 말하는 것이다.

사우나는 공기를 데우는 열기욕이다. 온도는 높고 습도는 낮은 공기욕을 말하는 것이다. 핀란드에서 사우나는 너무나 일상화된 문화인데, 집집마다 사우나 시설 하나쯤은 갖추고 있고(전 국민 3명 중 1명 꼴로 사우나가 보급되어 있다는 이야기도 있다), 일주일에 보통 2-3회 정도는 사우나를 즐긴다고 한다. 심지어 출산과 임종까지도 여기에서 하는 경우가 있을 정도로 핀란드 사람들의 전 생애를 함께하는 목욕 문화이다.

우리나라에서 21세기에 보편화된 찜질방은 공기를 데우는 것이 아니라 황토, 맥반석, 옥돌, 게르마늄 등의 암석에 열을 가해 달구어진 돌에서 나오는 복사열을 이용하는 방식이다. 찜질방의 유래는 조선시대의 한증막으로 거슬러 올라간다. '한증(汗蒸)'이란 특수하게 만든 탕에 높은 열을 가두어 두고, 그 속에 일정한 시간 동안 들어가 있으면서 몸에 땀을 내병을 치료하는 방법이다. 뜨겁게 가열된 황토로 쌓은 토굴이나 돌로 만든 돔 안에 들어가 있는 방식이었다. 사우나나 찜질방보다는 온도가 더 높아서, 한증막을 이용할 경우에는 화상이 우려되므로 맨몸이아니라 얇은 겉옷을 걸쳐야 한다. 한증막이 신경통, 뇌졸중 등의 병의 치료에 이용된 기록은 세종대왕 제위 시절의 기록으로도 남아 있다. 1422년의 《세종실록》의 기록이다.

"병든 사람으로 한증소(汗蒸所)에 와서 당초에 땀을 내면 병이 나으리라 하였던 것이, 그로 인하여 사망한자가 왕왕 있게 된다. 그것이 좋은 것인지 나쁜 것인지를 널리 알아봐, 과연 이익이 없다면 폐지시킬 것이요. 만일 병에 이로움이 있다면, 잘 아는 의원을보내어 매일 가서 보도록 하되, 환자가 오면 그의 병증세를 진단하여, 땀을 낼 병이면 땀을 내게 하고, 병이 심하고 기운이 약한 자는 그만두게 하라."

　　당시 한증소는 민간에서 관리하던 치료시설
이다. 세종대왕은 '한증소에서 병 치료를 하려다가
사망 사고가 빈발한다'는 상소가 잇따르자 의원을 보
내 진찰한 후 한증 여부를 결정하도록 하라고 지시
한다. 핀란드 사우나가 환경에 적응하기 위해 만들
어진 위락 시설이었다면, 우리나라의 한증막은 질병
치료 목적으로 만들어진 공공의료시설이었다. 그 흔
적이 지명으로 남았는데 한동, 한증동, 한증막동, 한
증사거리 같은 지명이 오늘날까지도 남아 있는 곳이
있다.

　　임진왜란 때 승병으로 활약했고, 전후에는 일본
으로 건너가 외교적인 역할을 했던 사명대사에 얽힌
놀라운 야사도 곱씹어 볼 만하다. 일본인들이 사명대
사를 시험하려고 숙소 안에 불을 잔뜩 지폈다. 그러
자 사명대사는 '이놈들이 역시나….' 하면서 얼음 빙
(氷)자와 겨울 동(冬)자를 쓴 부적을 붙여 놓고 좌선에
잠겼다. 다음 날 아침, 일본인들이 '이쯤 되면 못 버
티고 죽었겠지'라는 생각으로 "대사 계시오?"라고 물

198

으면서 문을 열었더니 부적의 효과였는지, 방 안에
온통 고드름이 맺혀 있었다. 태연한 표정의 사명대사
는 한술 더 뜨며 "아이고 춥다, 너희 왜놈들은 먼 곳
에서 온 손님이 자는 방에 불도 안 지피느냐?"라고
일갈하여 조선인의 기개를 널리 떨쳤다는 이야기다.

어려서 이 이야기를 접하고는 말도 안 되는 이
야기라고 생각했다. 그런데 세종대왕 시절의 이야기
를 보고 추정하건데, 사명대사도 소싯적에 한증막에
파견된 적이 있어서 조선식 사우나의 온열 요법에 도
통한 분일 수도 있겠다는 생각이 들었다.

2.

남자 사우나에서는 은근한 승부의 열기가 더해
진다. 옆 사람보다 더 버텨 보겠다는 비릿한 의지. 옆
자리 젊은 사람은 연장자에게 젊은이의 체력을 보
여 주고 싶고, 그보다 나이가 많은 연장자는 옆자리
의 젊은이에게 연륜에서 나오는 근엄함을 보여 주고
싶다. 승리를 위해선 화덕으로부터 먼 지점을 선점하
는 것이 중요하다. 층계가 있는 사우나에서는 낮은

층이 시원한 편이다. 그래서 출입구 근처의 1층 좌석이 가장 좋은 위치이다. 조금 비겁하지만 수건을 머리에 살짝 두르는 것도 좋다. 뜨거운 물이 머리 위에 바로 떨어져서 따끔따끔한 습식 사우나에서는 수건을 활용하는 것이 더욱 중요하다.

이 상태에서 무념무상의 상태로 잡념을 하나씩 지우다 보면 정신이 맑아진다. 사실 사우나 안의 뜨거운 열기 때문에 다른 생각을 할 여유가 없다. 인류 역사상 목욕탕에서 새로운 생각으로 각성한 사람은 아르키메데스가 유일한데, 그분도 겨우 목욕물 높이만 보고 있었을 뿐이다.

최근 들어 의학 저널에서도 사우나의 효능에 대한 연구가 많이 발표되고 있다. 우선 보편적인 사우나 요령을 알아보자. 옷을 벗고 샤워를 하고 사우나에 들어간다. 이 곳의 실내 온도는 대략 섭씨 80-100도 정도이다. 체류 시간은 5-20분 정도 내외로 한다. 그 후 밖으로 나와서 섭씨 10도 정도 되는 냉탕에 약 10분 정도 몸을 담근다. 호수가 많은 핀란드에서는 바로 호수로 뛰어들기도 한다. 이 과정을 두세 번 반복하므로 대략 1시간 정도를 머무르게 된다.

사우나에서 땀을 내는 것이 단지 몸이 따뜻해져 서 기분만 좋아지는 것이 아니다. 여러 가지 의학적 인 효능이 밝혀지고 있다. 탈수를 통한 일시적 체중 감소, 심박수 증가를 통한 심혈관 기능 향상과 고혈 압 개선 효과, 폐 질환과 뇌졸중 감소, 두통과 관절염 등으로 인한 근골격계 통증 개선 등이 있다. 우울증, 정신 질환, 치매의 발생도 줄일 수 있다는 놀랄만한 장기 관찰 연구도 있다. 규칙적인 사우나가 혈관 내 피세포의 활성화와 혈관 유순도의 개선, 자율신경계 의 조절, 혈중 지질조성 개선을 한다는 보고도 있다.

2003년도에 '스칸디나비안 외과 저널'에는 수술 후 3일만에 실밥을 뽑지 않은 채로 사우나를 해도 상 처 회복에는 무방하다는 비교 연구도 발표된 적이 있 는데, 북유럽 사람들의 사우나 사랑의 깊이를 미루어 짐작해 볼 수 있다.

OECD는 회원국의 자료를 토대로 매년 '보건 통

계(OECD Health Statistics)'를 발표하고 있다. 이 통계에는 크게 비의료적 건강요인, 건강상태, 보건의료이용, 보건의료자원, 의약품 판매·소비, 장기요양 등의 내용을 담고 있다. 2020년 기준으로 우리나라 국민의 기대수명 83.3세로 전체 회원국 중 5위였다. 1위는 일본으로 84.2세였다. 그렇다면 사우나의 나라 핀란드는 어디쯤 있을까? 기대와는 달리 핀란드의 기대수명은 81.8세로 회원국 중 17위에 불과했다. 오래 사는 것은 '뜨거운 환대'만으로는 설명되지 않는 것 같다.

흔히 알려진 사우나에 대한 주의 사항은 다음과 같다. 심혈관 질환이 있는 사람은 장시간의 고온 노출은 피해야 하고, 음주 직후의 사우나는 위험하다. 냉탕에 들어갈 때는 머리부터 들어가는 급작스런 입수는 심장마비의 위험이 매우 높으므로 발부터 단계적으로 들어가야 한다. 심근경색, 협심증이 심한 사람, 부정맥, 심부전 병력의 환자, 기립성 저혈압, 당뇨병, 갑상선 기능 항진증이 있는 사람은 사우나 이용에 각별한 주의가 필요하다고 한다. 어쨌거나 지금 같은 코로나 시대에서는 밀폐된 사우나는 모든 사람에게 공평하게 위험한 일이 되어버려서 안타깝다.

25. 명의

"환자가 된 의사들은 담당의사를 선택하는데 있어 명성 만으로는 불충분하다는 것을 종종 통절히 깨닫는다. 명성과 실제 임상의사로서의 기량 사이의 차이가 때로는 충격적일 정도다."

_로버트 클리츠먼, 《환자가 된 의사들》(동녘)

의대 3학년 내과 실습 때 일이다. 간 분야의 명의로 명성을 떨치던 L교수님께 실습이 배정된 동기형이 깊은 감동을 받고 들려준 얘기다. L교수님께서 오전 회진 때 환자의 눈을 친히 뒤집어 보더니, 오늘 빌리루빈(bilirubin) 수치가 2.5 정도 될 것이라면서 환자에게 간 기능이 조금씩 좋아지고 있다고 설명하더라는 것이다. 오후에 혈액검사 결과가 나왔는데, 실제 수치가 거의 비슷하게 나와 그 신체 검진의 정확함에 깜짝 놀랬다는 것이었다.

인턴으로 돌던 혈액종양내과 병동도 생각난다. 혈액종양내과 의사는 암과 주로 싸우지만, 뜻하지 않게 항암제가 불러오는 또 다른 적인 미생물과도 싸워야 했다. 간혹 이 싸움에 집중하다 보면 피아 구분이 모호해져 환자와도 싸우고, 간호사와도 싸웠다. 이 병동에 감염내과 의사들은 비교적 갑의 형태로 출현하는데, 내과 주치의들이 오매불망하며 회진을 기다리던 O교수님이 원인 불명의 발열을 겪고 있던 환자의 숨소리만 듣고 좌하엽에 폐렴이 생겼다고 하더라는 것이었다. 환자의 몸에 청진기를 대지도 않고 진단을 내렸기 때문에 반신반의하는 마음으로 CT 촬영을 했는데 진단이 맞았다고, 역시 대가는 다르다고 감탄을 거듭했다. 이렇듯 명의는 범인이 보기에는 매우 신비한 능력을 가진 의사로, 얼굴만 쳐다봐도 심지어 진료실로 걸어 들어오는 발걸음 소리만 듣고도 진단을 붙인다.

드라마 〈허준〉에 나오는 허준의 스승 유의태는 산음 땅에서 이름난 명의이다. 어떤 사내가 늙고 아픈 아버지를 등에 업고 유의태의 집으로 찾아왔지만 진맥도 하지 않고 '이미 죽은 사람'이 잘못 왔다며 타박을 하고 돌려보낸다. 명의의 진단대로 그 노인은 집으로 돌아가는 길에 사망한다. 외과계 최고 명의는 단연 드라마 〈하얀거탑〉의 장준혁이다. 그는 첫 등장 장면에서부터 눈부신 수술 실력을 뽐내고, 환자의 심장이 멈춰 위태로운 순간 수줍은 일반외과 의사의 금기를 넘어 횡경막을 열고 심장을 손으로 직접 압박한다. 심지어 심장에 신비한 주사를 꽂아 환자를 살려냈다. 하지만 탈장 수술 실력은 그저 그랬는지, 3명의 조수와 1시간 넘게 사투를 하는 것으로 그려져서 천재 외과의에게도 탈장 수술은 대단히 어려운 수술이라는 상식을 전파했다.

인터넷상에는 온갖 명의들의 이름이 떠돈다. 10대 명의, 50대 명의, 100대 명의, 의사가 찾는 명의, 기자가 뽑은 명의 등등 선정 목록이 다양하지만 사실 그분이 그분이다. 업데이트가 잘 안 되는 목록에는 이미 은퇴하신 교수님이 게다가 잘못된 이름으로 올라와 있는 경우도 더러 있다. 요즘은 전공 과목이 매우 세분화되어 있어서 그 과목에 맞는 의사를 잘 찾아가는 게 명의를 만나는 첩경이다. 그래서 혹시 지금 몸 담고 있는 병원에서 해고된다면, 내가 생각하는 입에 풀칠할 아이템 중 하나가 '명의를 골라드립니다'로 명의를 찾는 분들께 진짜 명의를 소개해 주는 컨설팅 회사이다.

　최근 모 신문은 '명의 예감'이라는 섹션을 신설하여 차고 넘치는 명의를 마다하고 신선한 예비 명의를 발굴하고 있다. 모 방송국의 〈명의〉라는 프로그램은 또 어떠한가? 명의의 다정한 진료 모습과 함께 수술을 앞둔 환자와 가족이 수술장 앞에서 눈물을 흘리는 장면, 결국 잘 회복하여 퇴원하는 모습을 담은 훈훈한 결말을 매회 보여 준다. 여기에는 꼭 출연하는 고정 배역이 있다. 그 회차에서 다룬 질환을 꽤 오래 전에 경험한 환자로, 수술을 받은 이후에는 시골로 내려가 텃밭에서 직접 기른 채소 위주의 자연 식단으로 식습관을 바꾸고 나서 마침내 완치되었다고 간증한다. 심지어 어떤 프로그램은 '명의가 골라 주는 약이 되는 밥상'이라는 것도 있었는데 제목부터 벌써 가련하다. 단언하건대 이 시대의 명의들은 이런 '약이 되는 밥상'을 드실 시간이 없다.

　내가 생각하는 진짜 명의는 널리 이름난 의사가 아니라, 일정 수준 이상의 지식을 가진 '한가한' 의사이다. 내가 여유가 있어야 남을 잘 돌볼 수 있다. 명의라고 불리는 바쁜 의사는 밀려드는 환자들 때문에 환자 한 사람 한 사람에게 쏠 시간이 늘 빠듯하다. 하루에 환자 8명을 수술하는 의사와 환자 2명을 수술하는 의사 중 어떤 의사가 수술대에 누워 있는 환자에게 정성을 더 쏟겠는가? 하루에 환자 150명의 외래 진료를 하는 의사와 30명의 진료를 하는 의사 중 어떤 의사가 환자의 말에 더 귀를 기울이겠는가? 명의의 아이러니가 아닐 수 없다.

현대 의학은 질병의 재발 유무를 객관적인 수치와 영상으로 확인한다. 그만큼 진료의 수준이 평준화되었다. 외래 진료를 하기 전에 의사들은 당일 예약된 환자의 최근 검사 결과를 요약해서 미리 전자차트에 입력해 놓는데, 환자의 얼굴을 보기도 전에 진단을 내릴 수 있는 시대가 온 것이다. 정밀한 답이 모니터에 다 적혀 있으니, 정작 환자 얼굴을 보고 묻고 답을 구할 얘기가 없다. 환자들에게 진료는 문을 열고 모니터만 보고 있는 의사를 찾아 눈을 마주치는 것에서부터 시작된다. 그때 담당 의사가 허둥대면서 컴퓨터에서 검사 결과를 뒤적거리면서, 정작 내가 누군지

도 모른다면 얼마나 실망스럽겠는가? 손님 맞을 준
비가 안 된 상태를 보여 줄 필요는 없다.

몇 해 전, 내 진료 광경을 비디오로 찍어서 모니
터해 본 적이 있었는데 나도 마찬가지였다. 그때 코
치받은 것 중 하나는, 환자가 진료실에 들어오기 전
까지 환자의 정보를 미리 파악하고, 환자가 문을 열
때부터는 완전히 몸을 돌려서 눈을 맞추고 대화해 보
라는 것이었다.

맛집으로 소문난 식당을 찾아갔는데 정작 음식
맛이 없는 이유는 식당 주인이 음식 외에도 신경 쓸
것이 너무 많기 때문이다. 작고 허름하지만 주인이
직접 요리하는 식당에서 뜻밖의 감동을 받았던 기억
처럼, 현대의 명의는 나를 한 번 더 봐 주는 이름 없
고 한가한 의사다.

내가 생각하는 진짜 명의는 널리 이름난 의사가 아니라, 일정 수준 이상의 지식을 가진 '한가한' 의사이다. 내가 여유가 있어야 남을 잘 돌볼 수 있다.

26. 손이 좋은 사람

"를리외르의 일은 모조리 손으로 하는 거란다. 실의 당김도, 가죽의 부드러움도, 종이 습도도, 재료 선택도 모두 손으로 기억하거라. 이름을 남기지 않아도 좋아. 얘야, 좋은 손을 갖도록 해라."

_이세 히데코, 《나의 를리외르 아저씨》(청어람미디어)

현생 인류는 직립 보행을 하면서 손의 자유를 얻었다. 몸을 지탱하는 역할에서 자유로워진 손은 비로소 창의적인 일을 도맡게 되었다. 인간의 생각과 의지의 대부분이 손을 통해 실현된다. 손은 나쁜 일과 어리숙한 일에서부터 대범하고 정교한 일까지 모두 할 수 있다. 목을 졸라 사람을 죽일 수도 있고, 심폐소생술로 사람을 살릴 수도 있는 것이 사람의 손이다. 사랑의 매를 효과적으로 사용했던 선생님을 '손이 맵다'고 말하고, 별것 아닌 재료로도 훌륭한 맛을 내는 사람에게는 '손맛이 좋다'고 한다. 이세 히데코 작가가 말했던 '좋은 손'이란 어떤 손일까? 아마도 선량한 일에 쓰이는 완숙함을 갖춘 손을 말하는 것일 테다.

손이 좋은 사람들은 주변으로부터 타고난 재능

213

이 부럽다거나 하는 찬탄을 듣는데, 손이 좋은 것이 과연 타고나는 것인지 의구심이 든다. 집안에 돈이 많거나 머리가 특별히 비상하다거나 또는 우월한 신체를 가지는 것은 타고났다고 말할 수 있지만, 손이 좋은 것은 타고나는 일이 아니라 반복 학습을 통한 노력의 결과로 보는 것이 맞다. 눈에는 아직 보이지 않는 것을 느끼는 손끝의 예리한 감각, 작은 문제가 생겼을 때 고집을 부리지 않고 궤도를 수정하는 유연함, 대처하기가 어려운 상황을 직면해도 의연하게 해결할 수 있는 대처능력. 손이 좋은 외과 의사는 그 존재만으로도 주위 공기를 안정적으로 만든다.

　우리 업계에서 손이 좋은 사람은 당연히 수술을 잘하는 사람을 지칭한다. 의외로 수술을 잘 못하는 외과 의사를 '곰손', 꽤 잘하는 외과 의사를 '금손'이라고 부른다. 외모나 말솜씨 같은 겉모습만 보고 외과의를 판단하는 것처럼 위험한 일도 없다. 마른 외과 의사가 꼭 날렵하게 수술을 잘하는 것은 아니다. 직접 겪어 봐야 수술을 어떻게 하는지 알 수 있다. 수술을 잘한다는 말은 '수술이 빠르다', '기술이 현란

수술을 못하는 외과 의사만큼
슬픈 것이 또 있을까?

곰손 의사

하다'는 말과는 조금 다르다. 속도는 조금 느려도 합병증 적고, 기술이 현란하지 않아도 한 번에 야무지게 끝내는 솜씨를 가진 사람이라는 의미로 통용된다. 위암 수술을 하시는 K교수님은 어린 제자들에게 외과 의사의 한 가지 덕목으로 '수수생춘(隨手生春)'이라는 말씀을 하신다. 깊은 뜻을 풀자면 '내 손이 가는 곳을 따라 봄처럼 삶이 펼쳐진다'는 뜻이다. 만화 속에서 주인공이 악당과 싸워 물리치고 나면 악으로 뒤덮여 황폐했던 공간이 푸르고 싱그러운 생명으로 되살아나는 마법 같은 풍경이 연상된다. 암 수술을 마친 후의 환자의 몸도 그러할 것이다.

귀스타브 플로베르의 소설 《마담 보바리》의 주인공 엠마는 '곰손' 외과 의사를 남편으로 둔 부인이다. 마른 외과 외사 닥터 보바리는 착하기만 했지 예술적인 취향이나 성품이 따분한 남자였다. 시골 마을의 외과 의사였던 그에게 유일한 믿을 구석이었던 수술 실력마저 엉망으로 밝혀진다. 손이 가는 곳마다 출혈이 생기는 '수수생혈'의 현현이었다. 명성을 얻어 화려한 도시로 진출하려는 엠마의 계획은 결국 산

216

산조각이 난다. 남편에 대한 극도의 실망감으로 모든 것이 흔들려 버린 엠마는 다른 사랑을 찾고, 사치를 부리다가 사채까지 쓰게 되면서 결국 파국을 맞게 된다. 엠마가 '곰손' 남편에게 느꼈던 혐오감은 대략 다음과 같다.

"고개를 돌리자 샤를이 거기 있었다. 그는 모자를 눈썹까지 푹 눌러쓴 데다 두꺼운 두 입술을 덜덜 떨고 있었기 때문에 한층 더 바보스럽게 보였다. 게다가 그의 잔등, 그 침착한 잔등은 보기만 해도 짜증이 났다. 프록코트에 덮인 그 잔등 위에 그의 모든 진부함이 온통 다 진열되어 있는 것만 같았다. 그녀는 그런 남편을 보며 치미는 짜증 속에서 일종의 잔인한 쾌감을 맛보았다."

수술을 못하는 외과 의사라는 존재는 저토록 밉고 무용한 것이다. 두 손을 모두 사용하는 일은 모두 진심으로 하는 일이라는 독일 속담이 있다. 진심만으로는 부족한 일, 우리가 하는 일이 그렇다.

27. 삶을 바꾼 만남

안연이 크게 탄식하며 말하였다.

"우러러볼수록 더욱 높고, 파고들어 갈수록 더욱 견고
하며, 바라보면 앞에 계신 듯하다가 어느새 뒤에 와 계
신다. 선생님께서는 차근차근 사람들을 잘 이끌어 주시
어, 학문으로 우리를 넓혀 주시고, 예의로써 우리를 단
속해 주신다. 그만두고 싶어도 그만둘 수 없으니, 이미
나의 재주를 다 하여도, 선생님께서 세워 놓으신 가르
침은 우뚝 서 있는 듯하다."

_공자, 《논어》(홍익)

'모든 사제 관계는 배신으로 끝난다'는 말은 극
단적이지만 납득이 가는 말이다. 제자가 스승의 가르
침보다 못하면 명백한 배신이고, 그 반대로 너무 뛰
어나서 스승보다 더 이름을 날리면 그것도 어떤 면에
서는 배신일 것이다. 물론 후자의 경우는 스승의 품
이 제자의 발전을 넉넉히 감싸는 수준일 경우에는 예
외다. 빼어난 제자 안연을 바라보던 공자가 그런 경
지일 것이다. 무협지에서 빗자루질과 물동이를 지던
제자가 어느덧 자신의 경지에 턱밑까지 이르렀을 때
스승은 '하산하거라, 너는 더 배울 것이 없다'라고 말
을 한다. 이런 말을 할 때 스승의 마음은 제자의 발전

이 흐뭇한 마음과 더불어 앞으로 자신보다 더 발전할

이 흐뭇한 마음과 더불어 앞으로 자신보다 더 발전할 기세가 불 보듯 뻔해 마음이 불편한 것이다. 세상에 똑똑한 제자만큼 무서운 사람이 또 있던가?

한편 그때 제자는 '스승님 저는 아직도 미천합니다. 더 배워야 할 것이 많습니다'라고 말한다. 대개 예의상 하는 말이고 자기도 이제는 더 이상 남 밑에서 굴신하며 살 위치가 아니라는 사실을 잘 알고 있다. 어서 여기서 벗어나 자기의 세상을 만들어 가고 싶을 뿐이다. 김용의 《소오강호》에는 사부 악불군과 제자 영호충의 이야기과 나온다. 화산파의 장문인이자 고고한 인품을 가졌다고 세간에 이름난 악불군은 군자검이라는 별명으로 칭송받고 있다. 하지만 실상은 못난 위선자일 뿐이다. 심지어 강호에 나가 선 굵은 진짜 사나이로 커 나가던 그의 수제자 영호충을 죽이려고까지 한다. 영화 〈스타워즈〉의 오비완 캐노비와 아나킨 스카이워커의 관계는 제자가 스승보다 강하다는 교만과 욕망을 가지는 순간 이후의 불행을 보여 준다. 다크사이드(dark side)에 선 다음에는 자신의 파멸뿐만 아니라 그다음 대에 이르러서는 아비를 몰라보고 번쩍이는 광선검을 들고 덤비는 아들을 상대해야하는 끔찍한 꼴까지 봐야 했다. 지금은 선생은 있지만 스승은 없고, 학생은 있지만 제자는 없는 시대라고 한다. 몇 해 전 유명 피겨 스케이트 선수와 외국인 코치의 아름답지 못했던 결말의 교훈은 가르침의 댓가로 돈을 주고받는 관계에서는 상호간의 '인격적인 침투'가 이루어지기는 참 어려운 일임을 가르쳐준다. 자기의 실적으로 연봉 계약을 하고 자기가 번 돈으로 인센티브를 주는 분과 얼마나 아름다운 결말을 기대할 수 있을까?

다산 정약용이 전라도 강진에서 유배 생활 18년간, 믿을 수 없을 정도로 많은 양의 저작을 했다는 것은 널리 알려진 이야기다. 그는 읍내의 주막집과 궁벽한 초당에서 여러 제자를 가르쳤다. 제자들은 조선 역사상 가장 빼어난 철학자이자 사상가를 모시면서, 그의 방대한 저작을 위해 밤을 세워 가면서 문헌 고찰을 하고, 초록을 쓰고, 한문 교정도 받아오고 했을 것이다. 다산이 유배지에서 풀려나 고향마을 두물

머리로 상경할 때, 명석한 제자 중 일부는 어쩌면 입
신양명을 할 수 있을지도 모른다는 기대감을 품고 스
승의 뒤를 따라갔다. 끝내 정계 복귀에 실패한 스승
은 제자들의 출세에 별다른 관심을 갖지도 않았고 힘
을 써 주지도 못했는데, 어떤 제자는 스승에게 함부
로 굴기도 했고, 어떤 이는 처지를 비관해 자살하기
도 했다. 그들은 스승이 올곧은 '학자'라는 것을 몰랐
던 것이다. 책상다리를 하고 앉아 있느라 복숭아뼈가
3번이나 곯기도 했을 만큼 그저 공부를 좋아했던 스
승을 자신들의 눈으로 재단해서 출세의 사다리쯤으
로 오해했던 것이다.

정민 교수의 《삶을 바꾼 만남》이란 책은 다산
정약용을 죽는 날까지 스승으로 생각했던 황상이란
어느 별볼일 없었던 촌부의 이야기다. 사심 없는 공
부를 가르쳤던 스승과 그런 이상한 스승을 뼛속들이
이해했던 단 1명의 제자에 관한 긴 이야기. 스승의 해
배(解配)로 사제가 헤어진 후, 스승의 말년에 가까스로
감동적으로 재회한 제자가 다시 돌아가려고 하는 길
에 다산은 다음과 같은 글을 남겨 준다.

"황상에게 준다.《규장전운》한 권, 중국 붓 한 자루, 중국 먹 한 개, 부채 한 자루, 연배 한 개, 여비 돈 두 냥." 스승이 제자에게 줄 수 있는 것은 부귀영화와 입신양명의 길이 아니었다.

몇 해 전, 심포지움에서 경험한 일이다. 은퇴한 교수님이 자기 수술 방식을 그대로 재현하는 기특한 제자를 보고 흐뭇해했다. 선생은 역시 미련한 제자를 예뻐한다는 말도 덧붙이셨다. 여기서 미련하다는 말은 가르친 것에 천착하는 우직한 사람이란 뜻일 것이다. 이 말을 곱씹어 보니, 인간의 '불완전함'이 대를 거듭해 계속 이어지는 것에 마냥 박수를 보낼 수는 없다는 생각이 들었다. 어렵겠지만 다른 삶, 다른 생각, 더 나은 방법이 예의 바르게 통해야 하지 않을까?

르네상스 최고의 만능인으로 손꼽히던 알베르티는 어린 다빈치에게 이렇게 말했다.

"위대한 사람을 따라 하라. 하지만 그런 사람은 드물다. 그저 스승이라 해서 그대로 따라 하는 것만큼 어리석은 일은 없다. 샘을 찾아가야지 고작 물병을 따라가서야 되겠는가?"

28. 백의종군 I

"자신의 진실을 충분히 설명하지 못한 채 규정되는 모든 존재는 억울하다. 이 억울함이 벌써 폭력의 결과다. (…) 나는 이런 정의를 시도해 본다. '폭력이란 어떤 사람/사건의 진실에 최대한 섬세해지려는 노력을 포기하는 데서 만족을 얻는 모든 태도.' (…) 어떤 뉴스의 댓글에, 트위터에, 각종 소문 속에 그들이 있다."

_신형철,《슬픔을 공부하는 슬픔》(한겨레출판)

2020년 여름에는 공공의대 추진, 의대정원 확대, 한방첩약 급여화 시범사업 등을 놓고 의사파업 사태가 있었다. 더 정확히 말하자면 전공의 파업이었다. 제자들이 파업을 하면서 자연스럽게 '백의종군'을 했다. 환자들에게 미안한 마음에 주말에도 나와 드레싱을 하려니 허리도 아프고, 오더를 넣으려니 뭐가 뭔지도 모르겠다. 전자처방/의무기록 시스템의 미로 같은 '사용자 불편의성'을 몸으로 겪어 보니 우리 안에서도 고쳐야 할 것이 많다. 군소리 없었던 젊은 의사들의 헌신과 소중함을 새삼 느꼈고, 비인기과여서 전공의도 없이 지방 요지에서 묵묵히 헌신하고 있는 선후배 선생님들도 새삼 경외하게 되었다.

우리나라에서 의사들은 소수이고, 의사 편은 극
소수이다. 대한민국 인구가 5,000만 명이고, 의사가
13만 명쯤 이라고 하는데, 전체 인구대비 대략 0.26%
정도 된다. 의사라는 직업은 정치인과 더불어 대한민
국의 많은 사람들이 손과 입으로 '돈벌레', '싸가지',
'속물' 이라고 늘 안전하게 욕할 수 있는 두 가지 직업
중 하나다. 몇 년 전 딸아이의 유치원 졸업식에 갔을
때, 코딱지 친구들의 장래 희망을 쭉 들어보니 20명
중 무려 7명이 의사가 되는 게 꿈이라고 말해서 정말
의아했다. 나도 욕하고, 남들도 다 욕하는 직업이지
만, 나 혹은 내 자식은 의사가 됐으면 하는 기묘한 이
중 심리.

　'돈벌레' 전공의들은 일주일에 몇 시간을 일할
까? 몇 년 전 제정되어 시행 중인 '전공의의 수련 환
경 개선 및 지위 향상을 위한 법률'에 의하면, 전공의
는 일주일에 80시간을 넘지 않게 일하라고 명시되어
있다. 이 법은 전공의와 환자를 보호하기 위해 과중
한 일을 그만 시키라는 법이다. 이 나라에서 보통 사
람들은 주당 42시간 일해도, 이 사람들은 2배 정도 더

일할 '기회'가 특별히 허가되어 있다. 그러다 일에 빠져 일을 더하다가 법을 어기면 수련 병원에 과태료 (200-500만 원)가 부과되는데, 2018년 기준으로 그 징수액이 562억 원이라고 한다. 드러난 것 만으로도 이 정도인데 실제 근무시간은 훨씬 더 길다. 현실적으로 지킬 수가 없는 법이라, 문서에 거짓으로 축소 보고 하는 것을 서로 눈감고 모른 척하고 있다.

2020년 기준으로, 일주일에 42시간 일하는 경우 최저시급이 8,590원인데, 사업장 상시 근로자 수가 5인 이상일 때 최저월급은 1,907,280원이라고 한다. 전공의가 대충 100시간을 일한다고 가정하고 최저 시급으로 계산했을 때, 그들의 급여 수준은 그저 '최저월급' 수준 정도다. 돈벌레가 아니고 그저 일벌레 이다.

영국에서도 2014-2015년에 비슷한 나이의 젊은 의사들이 파업을 한 적이 있는데, 주말 근무에 대한 수당을 지급하지 않는 문제에 대한 항의였다. 놀라운 점은 당시의 영국의 젊은 의사들은 2009년부터 EU의 기준대로 주 48시간 정도의 업무를 하고 있었다는 것이다. 우리가 보기에는 '극저강도'의 업무 시간이다.

듣자 하니 캐나다에서도 의대가 인기 있는데, 그 이유는 의대의 등록금이 가장 싸다는 것이다. 자본주의 의료의 첨병인 미국에서는 전공의 수련 비용을 국가에서 댄다고도 한다. 이렇게 의료인의 교육에 대해 국가에서 적극적으로 투자하는 나라에서야, 의료의 공공성에 대해 자신있게 말 할 수 있을 것이다. 모두가 아는 대로 우리나라의 경우 의예과 등록금이 다른 학과에 비해 1.5배 정도 더 비싸다. 의대 대학원은 특별히 시설을 이용하는 것도 없는데, 기상천외할 정도로 비싸다. 전공의, 전임의 시절은 급여로 대학원 학비를 납부하고 나면 경제적으로 곤궁한 시기를 보내야 한다. 저 똑똑한 사람들이 돈을 벌려고 했으면, 장사를 하고, 주식이나 부동산 투기를 하고, 사기를 치면 될 일이다. 의사 짓은 돈을 벌려고 하는 직업으로는 최악이다. 20대를 다 바쳐서 힘들게 공부하고, 잠도 못 자고, 남의 생명을 지켜야 하는 극심한 스트레스를 받아가면서 돈 벌 준비를 하는 비효율적인 직업이 또 있을까? 전공의 파업이 진행되자, 겨우

'숟가락' 드는 연습을 하고 있었던 젊은 사람들에게 '밥그릇 지키려고 저 난리를 친다'는 저주 섞인 욕이 날아들었다.

욕과 저주가 근본적으로 향해야 할 곳은 어디일까? 전체 의사 숫자의 10퍼센트에 불과한 전공의가 없으면 유지되지 못하는 우리나라의 기형적인 의료시스템이다. 입원한 환자들이 '새끼 의사'라고 낮춰 부르던 '엉성한 전공의'들이 없어지니, 막상 수술이 거의 진행되지 못하고, 응급실이 제 기능을 못했으며, 중환자실이 위태로워졌다. 이 나라는 가장 어렵고 귀찮은 접점의 일에 가장 취약한 사람들을 앞세운다. 우리나라의 최전방을 경력 많은 장군들이 눈을 부릅뜨고 철통 경계를 하고 있는 것이 아니다. 사관학교를 마치고 막 소위로 임관한 사람들이 최전방 GP의 지휘관이다. 장군들은 운전병이 운전해 주는 군용차를 타고 골프장에서 운동을 하고 가끔 닭 몇 마리와 라면 몇 개를 끓여서 장병들을 위로한다. 섬마을 초등학교는 갓 임용된 젊은 교사들이 지키고 있다. 몇 년 후엔 격오지 근무를 한 보상으로 뭍으로 나오고, 그다음에는 또 다른 젊은 교사가 그 자리를 채울 것이다. 공사 현장에서도 가장 힘들고 어려운 현장에는 변변한 점심을 먹을 시간이 없어 컵라면을 가방에 넣고 있는 비정규직 노동자들이 목숨을 걸고 위태롭게 서 있다.

젊음은 돈을 주고 살 수 없지만, 젊은이는 돈을 주고 산다. 물론 제값을 쳐주지도 않는다. '덕분에'라는 말은 남의 고마움을 말로 때울 때나 하는 말이다. 내가 과문한 탓인지 몰라도 공기도 잘 통하지 않는 보호장구를 착용하고 24시간 코로나 환자를 돌본 의료진들에게 그에 따르는 보상을 해 주었다는 말을 듣지 못했다. '의사'라면 '간호사'라면 무조건 당연하게 숭고한 사명감에 불타올라야 하는 걸까? 그것도 절대 꺼지지 않는 올림픽 성화 같은 생명력으로?

피교육자인 전공의는 접점 진료에서 조금 떨어져서 우선 더 질 높은 교육을 받아야 한다. 3월에 병원에 들어와서 한 번도 본 적 없는 수술에 대한 동의서를 받고 있는 1년 차 전공의들을 볼 때면 이게 뭐하는 짓인가 싶다. 아픈 환자가 환자 파악이 전혀 안 되어 있는 야간 당직 전공의에게 받은 불충분한 처치에 대한 이야기를 들을 때면 환자도 불쌍하다. 가끔은 수술을 받고 무사히 퇴원하는 환자 한 명 한 명이 모두 기적 같다.

정부와 병원은 더 많은 전문의를 안정된 신분으로 고용해야 한다. 하지만 현실은 다르다. 소위 바이탈을 다루는 메이저과 전공의가 전문의 자격증을 취득하고 나서 그 전공을 살려서 일할 수 있는 병원은 그리 많지가 않다. 우리나라 보험수가 구조상 보험 진료를 하는 과는 이익을 내기가 힘들다는 냉엄한 현실. 서울 소재의 병원으로 환자가 몰리는 상황에서 지방 병원에서의 필수 진료과 의사의 입지는 더 협소하다. 우리 외과 전공의들은 이런 모순된 현실을 아는지 모르는지 꿈에 들뜬 채 모여들어 있었다. 내가 알기로는 외과뿐만이 아니라 내과, 소아과, 산부인과, 신경외과 등의 전공의들은 돈에 미친 사람들이 아니다. 반대로 그들의 진실함에 돈이 미치지 못한다. 길에 채이는 게 전공의라 그 가치를 몰랐는데, 요즘에야 뼈저리게 느끼고 있다. 내 옆에, 내 가족 옆에, 내 환자 옆을 묵묵히 지켰던 순수한 젊은 의사들.

　　내 경우 비교적 좋은 병원에 몸 담고 있어서 그런지 나조차도 제자들의 말을 잘 이해하지 못했다. '문제는 의사 숫자가 아니고, 배치다'라는 말. 13만 명쯤 되는 의사 중에서 3만 명이 미용업계에 있다고 한다. 보험진료의 '규제'에서 완전히 자유로운 해방구. 왜곡된 의료 체계가 개선되지 않는 한, 새롭게 더 많이 배출된 의사들도 똑같은 절망을 느끼고 해방구로 갈 수밖에 없다. 몇 년 전 외과 전공의를 중간에 그만둔 어떤 제자도 미용업계로 향했는데, 듣자 하니 현재 외과 전임의가 된 동기 친구보다 급여를 4배 정도 더 받는다고 한다. 그래도 이 철 없는 외과 전임의는 수술을 하고 싶어서, 환자 살리는 일을 하고 싶어서 모진 세월을 견디고 있다. 수술하는 외과 의사가 되고 싶고, 신생아 중환자실을 지키는 소아과 의사가 되고 싶고, 소중한 가정을 위해 아이와 산모의 안전한 분만을 책임지는 산부인과 의사가 되고 싶다고 한다. 꼭 필요한 자리에서 당당한 전문의가 되길 소망한다.

왜 이렇게 파업을 계속하는 것일까? 순수한 동기에서 시작한 일이 그 진심을 왜곡당하고, 야유와 욕설로 상처받아 궁지에 몰린 마음. 이 사람들은 환자와 싸우고 있는 것이 아니다. 업무개시명령 따위와 싸우고 있는 것도 아니다. 적폐가 쌓인 우리나라의 의료시스템과 싸우고 있는 것이다. 우리는 그동안 싼값에 젊은이들을 갈아 넣어 온 비용에 대한 대가를 치르고 있다. 대학병원에 온 환자를 돌봐야 하는 것은 대학병원의 교수와 책임 있는 전문의이다. 저 무능한 행정 관료의 표현을 빌리자면 '대체인력'이라는 사람들. 후배와 제자를 지키고 지지하는 것은 저 사람들이 외래를 막고 사표를 쓴다고 되는 일이 아니다. 불안한 환자들 곁에서 사죄하고 위로하고 서 있어야 한다. 시간을 들여 젊은 의사들 얘기를 한 번이라도 진심으로 경청하고 설득할 시간이다. 자신의 진실을 충분히 설명하지 못한 채 쉽게 규정되는 모든 존재는 억울하다.

29. 백의종군 II

"직장생활을 하면서 만나는 조직 내의 수많은 고위급 인사들은 아는 체하며 타이르듯 말한다. '조직은 몇몇 사람의 힘으로 끌려가서는 안 되며 누가 그 자리에 오더라도 돌아갈 수 있는 시스템의 힘으로 움직여야 한다.' 진리이나 이것만큼 누구나 다 아는 거짓말은 없다."

_이국종,《골든아워》(흐름출판)

그렇다면, 무너져 가는 지방의 필수 진료를 어떻게 살릴 것인가?

첫 번째, 수도를 충청 이남으로 이전한다. 수도권 과밀화, 부동산, 대기오염, 지역균형 발전 등 거의 모든 문제를 풀 수 있는 방안이다. 하지만 대한민국의 유일한 수도는 서울이고, 수도 이전은 위헌이라는 해괴한 판결 덕분에 현실적으로 어려운 일이며, 엄청난 사회적 비용이 들 것이다.

두 번째, 필수 진료과 진료/수술 수가를 획기적으로 현실화한다. 지방뿐만이 아니라 수도권에서도 전공을 살려서 진실한 진료를 하는 의사다운 의사가 늘어서 양질의 진료가 가능해진다. 비용은 조금 들 수 있겠지만, 수도 이전보다는 훨씬 저렴할 것으로 추정된다.

세 번째, 지방 소재 의과대학의 입학 정원 50퍼센트 정도를 해당 지역 학생에게 할당한다. 이미 지방 의대 학생들의 80퍼센트 정도가 수도권에서 내려간 학생들이라고 한다. 이 학생들 대부분은 다시 집으로 돌아와 수도권 병원에서 전공의를 시작하므로 남아 있는 지방 종합병원의 전공의는 매우 부족하다. 한 연구에 따르면 해당 지역 연고 학생들의 경우는 70퍼센트가 연고지에서 전공의 수련을 이어 간다고 한다. 영국 프리미어 축구 리그에는 '홈 그로운 룰(Home grown rule)'이라는 제도가 있다. 1군 선수 엔트리 25명 중에, 잉글랜드 웨일스 축구협회에 등록된 팀에 만 21살 생일 이전에 3년 이상 훈련, 출전한 선수 8명을 의무적으로 채워야 하는 제도다. 자국 유소년 축구 선수를 육성하고 싶은 이유일 것이다.

한 신문 보도에 따르면 미국, 캐나다를 비롯한 선진국에서도 의사 양성에 지역 간 불균형이 심해지자 각 의과대학이 지역 출신 학생을 우선 선발하는 제도를 시행하고 있다고 한다. 미국 사우스캐롤라이나 의대는 "우리 대학은 이 지역에서 활동할 우수한 의사를 배출해야 하는 책임이 있다"며 "지역 학생을 입학 선발에 우대한다"는 문구를 신입생 모집 요강에 명시하고 있고, 캘리포니아의 UCSF도 "캘리포니아 출신 학생을 우대한다"고 명시하고 매년 정원의 80퍼센트를 이 지역 출신 학생 중에서 선발하고 있다. 수도권 학부모들의 강력한 반대가 있겠지만, 나라 전체로는 비용이 전혀 들지 않는다. 본래 지방에 사는 학생들에게도 좋고, 지방으로 이사하는 가구도 늘 것이다. 지방으로 전입을 하는 사람들이 많아진다면, 수도권 과밀화 문제도 미미하게나마 개선될 수 있고, 부동산 값 안정에도 도움이 된다. 혹시 다주택자라면 지방세수도 늘어날 것이다.

네 번째, 언론에 '명의'로 세 번 이상 언급된 50대 선생님들을 지방 병원으로 순환 근무시킨다. 수도권 외과계 선생님들이 우선 자원해 주면 너무 좋을 것이다. 학회 차원에서 가장 명예로운 일로 잘 만들어도 좋겠다. 무턱대고 큰 병원을 찾아오는 환자도 있고, 유명한 의사를 찾아오는 환자도 있는데, 후자의 경우를 지방 연고지로 유도할 수 있다. 수도권 명의들은 명의로 언론에 소문나기 싫어서 진료 환자 수를 경쟁적으로 더 줄일 것이고, 수술을 잘 못한다고 소문이 나면, 지방으로 환자가 유인되는 효과도 있다.

그런데 나이대가 50대인 이유는 대도시 생활이 지겨워 지방이 그리운 분도 분명히 있을 것이기 때문이다. 그때쯤이면 자녀를 대학에 보냈을 나이이기도 하다. 순환 근무 기간은 2년 정도면 적당하지 않을까? 혹시 자의로 더 있어 주면 고맙겠다. 비용은 좋은 관사 몇 채 구입할 돈이면 충분하다. 대안 제시가 없다고 하길래, 탁상공론을 하나 보태는 심정으로 몇 줄 적었다.

이미 지방 의대 학생들의 80퍼센트 정도가 수도권에서 내려간 학생들이라고 한다. 이 학생들 대부분은 다시 집으로 돌아와 수도권 병원에서 전공의를 시작하므로 남아 있는 지방 종합병원의 전공의는 매우 부족하다.

30. 끝인사

"말은 사람의 입에서 태어났다가 사람의 귀에서 죽는다. 하지만 어떤 말들은 죽지 않고 사람의 마음속으로 들어가 살아남는다. (…) 어떤 말은 두렵고 어떤 말은 반갑고 어떤 말은 여전히 아플 것이며 또 어떤 말은 설렘으로 남아 있을 것이다."

_박준, 《운다고 달라지는 일은 아무것도 없겠지만》(난다)

병원이라는 공간의 특성상 병원에는 대개 장례식장이 있다. 직원 주차장은 통상 그 근처에 자리한다. 바람 불고 어둑어둑한 주차장 언덕, 2만 광년은 될 것 같은 출퇴근길을 오가기만 해도 체중 감량의 기적이 벌어진다. 직원 건강까지 염려하는 세심한 배려로 알고, 또 오 리를 가자고 하면 십 리를 가 주라는 성경 말씀을 떠올리며 아예 주차장 맨 꼭대기에 주차를 한다. 가끔은 장지로 떠나는 슬픈 운구 행렬을 만난다. 겨울 산속 흙구덩이에 외롭게 들어가는 것이나 불 속에 들어가는 것은 모두 끔찍한 일이다. 그래서 사는 동안은 열심히 살아야 하나 보다. 메멘토 모리(Memento mori). 회사가 아침마다 선물해 주는 두 번째 교훈이다.

장례식장에서 상주에게 무슨 말을 건네야 하는지 잘 모르겠다. 돌아가신 분은 거의 당일 처음 뵙는 분이라 공통된 기억도 없다. '얼마나 상심이 크십니까'라는 말은 너무 사극 느낌이고, '고생이 많으십니다'라는 말은 위로하는 말로 적합하지 않은 것 같다. 그래서 그냥 별다른 말없이 손만 잡거나 '늦어서 죄송합니다'라는 말을 한다.

내가 주인공이 될 장례식장에는 내 생이 10분씩 3부로 구성된 비디오가 식당 벽면에서 절찬 상영됐으면 한다. 페이스북을 열심히 하면 아마 이런 것도 쉽게 만들어 주겠지. 세 편의 영상 사이에는 잔나비의 명곡, 〈주저하는 연인들을 위해〉를 틀자.

"언젠가 또 그날이 온대도

우린 서둘러 뒤돌지 말아요

마주보던 그대로 뒷걸음치면서

서로의 안녕을 보아요

피고 지는 마음을 알아요 다시 돌아온 계절도

난 한 동안 새 활짝 피었다 질래

242

또 한 번 영원히"

장례식장에서는 자기들 이야기 말고 왁자지껄 내 얘기만 했으면 좋겠다. 먼 미래에는 드론이 날아다니면서 자기들 얘기만 하는 사람들의 테이블에 생전의 내 목소리를 들려주면 좋겠다. 발인 아침에는 다른 건 필요 없고 나를 사랑했던 사람들 몇 명이 5분씩 재미있는 이야기를 들려주면 좋겠다. 물론 시간을 넘기면 종을 치고, 종을 쳐도 계속 말하면 같이 묻고….

만날 때와 헤어질 때 하는 인사 중 어떤 인사가 더 중요할까? 요즘 들어서는 헤어지는 인사가 더 중요하다는 생각이 든다. 언제 또 만나게 될지 모르니까. 혹시 그게 영원한 작별일 수 있으니까. 기억에 남겨진 혹은 남겨 준 말이 없으면 너무 서운하니까. 보기에 더 선명하고 다시 꺼내어 볼 수 있다는 점에서 역시 글이 말보다 더 가치 있다. 그래서 정이 많고 예의가 바른 사람들은 헤어진 다음에도 오늘 즐거웠다고, 고마웠다고 바탕색이 노란 메시지를 보내고 하는 거겠지. '먼저 가 보겠습니다', '잘 가요', '또 뵙겠습니다', '잘 다녀오겠습니다', '안녕히 계세요', '또 만나요' 같은 말들.

사람이 첫 번째로 배워야 하는 사회 생활이 '말'이다. '표정'을 익히는 것은 훨씬 어려운데, 일단 숙달되면 말보다 효과적인 비언어적 표현의 장점을 알게 된다. 하지만 눈은 앞으로만 향해 있어서, 내 '뒷모습'은 고칠 수 없는데, 여기에는 도저히 꾸며 낼 수 없는 자아가 서 있다. 내가 떠났던 사람보다 나에게서 떠났던 사람이 더 그리운 이유도 마지막 기억이 그의 꾸미지 않은 뒷모습과 함께 했기 때문이다. 그래서 가끔 예고 없이 몰래 떠나는 사람은 기억의 테이프를 구겨서 자르고 가 버리는 야속한 사람이다. 떠나는 뒷모습이 사람의 진짜 모습이라면, 내 시야에서 점으로 사라질 때까지 지켜보고 싶은 사람들이 있다.

에필로그

제 본업인 외과의는 행동을 하는 직업입니다. 처음 보는 사람의 몸을 만지고 수술이라는 약속을 합니다. 이 약속은 오롯이 제 손으로 지켜내야 합니다. 힘없는 언어로는 이루어 낼 수가 없고, 생각이 많아서는 잘 해내기가 어렵습니다. 반면 글을 쓰는 일은 완전히 멈춰 있는 일입니다. 움직이는 시간에는 할 수가 없는 일이죠. 의자에 파묻혀 정지된 상태로 오래 생각하고, 깊이 생각하고, 고쳐 생각합니다. 아무리 생각이 많아도 손으로 무언가를 쓰기 전까지는 몽상만 존재할 뿐 글은 만들어지지 않습니다. 저의 본업과 부업은 겉으로는 정반대의 일이지만, 본질적으로는 비슷한 일이었던 것 같습니다. 이 작업을 하면서 저를 더 정지 상태로 만들어 준 가수 정미조, 박효신, 정밀아, 강아솔 님에게 감사드립니다. 소음이 아닌 노래를 만들고, 음원이 아닌 음반을 만드는, 연예인 아닌 예술가들이 더 잘 살았으면 좋겠습니다. 책을 쓰고, 만들고, 읽는 사람들도 마땅히 그랬으면 좋겠습니다. 여기까지 읽어 주신 모든 분들 고맙습니다.

타임 아웃

사람을 구하는 데 진심인 편입니다

발행일 초판 1쇄 2021년 9월 6일 초판 2쇄 2024년 2월 20일 **지은이** 오흥권 **발행인** 김병준 **발행처** 아토포스 **출판등록** 제406-2017-000011호 **주소** 서울시 마포구 독막로6길 11, 우대빌딩 2, 3층 **전화** 02-6925-4184(편집) 02-6925-4188(영업) **팩스** 02-6925-4182 **이메일** tpbook1@tpbook.co.kr **홈페이지** www.tpbook.co.kr

ISBN 979-11-90955-18-8 03810